카메라와 앞치마

카메라와 앞치마

타인과 친구가 되는 삶의 레시피 17

조선희 · 최현석

민음사

차례

조 선 희

6월의 어느 햇볕이 내리쬐던 날, 나의 오랜 지기 혜원을 만났다. 한가로울 때면 책을 내는 일과 상관없이 가끔 만나 이런저런 살아가는 이야기를 나누기도 하고, 지금껏 낸 책 네 권 모두를 함께했으니 내겐 나이를 떠나 인생을 함께 걸어가는 인생 친구다. 화이트와인 한잔 곁들이며 서로의 이야기를 하던 중에 이 책은 시작되었다. 혜원은 전혀 다른 분야의 두 사람이 만나 이야기하는 인생과 취향에 대한 책을 내고 싶어 했고, 우린 이런저런 이야기 끝에 음식이라는 주제에 도달했다. 사진과 음식의 만남, 낯선 듯 낯설지 않은 단어와 조합이다. 왠지 끌렸다. 나와 전혀 다른 분야의 지인과 여행을 하며 음식을 맛보고 인생을 논하고 그 음식들에 얽힌 흥미진진한 얘기를 양념으로 쓱싹 무쳐 낼 수도 있을 것 같았다. 하지만 그녀도 나도 진지하고 새로움을 탐내는 타입이라 그건 진부해 보였다. 그럼 누구랑 무엇을 한단 말인가? 취기였을까, 우리는 자연스레 요즘 소위 핫한 셰프에 대해 얘기하다가 함께 동공이 커졌다. 마침 얼마 전 한 행사장에서 같은 테이블에 앉기까지 했던 최현석 셰프. 텔레비전을 잘 보지 않으므로 그가 얼마나 인기 있고 요리가 지금 얼마나 세상을 트렌

디하게 만들고 있는지까진 몰랐다. 방송 콘셉트이지만 내겐 좀 재수 없게 보였던 거들먹거리는 듯한 행동, 좋지만은 않았던 첫인상이 외려 묘하게 끌렸다. 그리고 사진, 내가 누군가 만든 음식 사진을 단순히 찍는 게 아니라, 이야기를 나누고 음식을 만들고 찍으며 서로의 생각과 인생을 알아 간다는 행위에 대한 끌림!

매력적이다 못해 흥분되는 기획이었다. 우리는 신나고 들떴다. 그럼 섭외는? 그를 만났던 그 행사를 함께한 지인을 통해 연락처를 구했다. 뜻밖에도 두 번 만에 통화가 되었고, 흔쾌히 생각해 보겠단다. 오, 첫 만남의 느낌과는 다르게 시원시원하고 결정이 빠르다. 그에게 마구 호기심이 생겼다.

얼마 후, 우리는 책을 위해 처음 만났다. 음식 재료를 한 보따리 챙겨서 이사 온 지 얼마 안 된 우리 집 부엌으로 그가 들어서는데, 큰 키 때문인지 부엌이 좁고 초라해 보였다.

셰프를 모셔다 놓고 좋은 냄비 하나 없는 것이 송구스럽기까지 했다. 그러나 그는 전혀 개의치 않고 프라이팬 하나, 냄비 하나만 있으면 된다며 요리를 뚝딱 해내는데, 요리의 프로란 이런 거구나 하는 생각이 절로 들었다. 언제였더라. 중국 광고를 찍게 되었는데 촬영이 끝나고 나서 중국인 광고주가 이렇게 쉽게 사진 찍는 사진가는 처음 봤다며 놀라워했다. 그땐 그게 무얼 뜻하는지 몰랐는데 이제 알 것 같다. 그에게 프로의 냄새가 난다. 수천, 수만 번, 혹은 셀 수 없을 정도 해 본 일이라 머리와 손이 동시에 움직이고 이성과 감성이 저절로 함께 작용하는 것, 그것이 '쟁이'다.

이 책의 첫 번째 주제로 이야기를 나누던 날, 그가 요리를 전문적으로 배우지 않았다는 사실을 알았다. 온 국민이 아는 사실인데 선입견을 가지지 않으려 일부러 그에 대해 알아보지 않았다. 놀라움과 함께 동지를 만난 느낌이었다. 나와 달리 허우대가 하도 멀쩡해서 무의식중에 해외 유학파일 거라고 생각했나 보다. 비전공 비주류 요리사와 사진가의 만남은 첫 토크 이후 점점 더 흥미진진하고 매력적으로 다가왔다. 머리 굵어지고 자신의 주관이 뚜렷해지고 나면 새로운 타인과 친구 되기가 쉽지 않은 일이다. 이야기를 나누면 나눌수록 그와 난 동시에 "어, 나도 그런데……" "저도 비슷해요." "너무 이해가 돼요."를 연발했다. 전혀 다른 직업을 가졌지만 그와 난 어쨌든 한 가지 일을 이십 년 넘게 해 왔고, 그 일을 너무나 사랑했으며 그것밖에 없던 이십 대를 보냈고, 그래서 너무나 간절한 열정을 품고 살아온 것 같았다. 사람에, 정에 흔들리는, 그래서 음식을, 인생을 함께 나누는 것이 소중한 사람인 것 같았다. 물론 책 한 권 같이 내고, 그와 내가 벌써 친구가 되었다고 말할 수는 없으나, 왠지 진짜 친구가 될 것 같은 느낌이 든다. 살면서 같은 종류의 사람을 만나는 것만큼 행운이 깃든 일이 또 있을까.

아버지가
생각나는 날

가장 흔하지만,
해드리지 못한
면 요리의 추억

면은 악마의 음식이다.

먹지 않고 못 배기니까 말이다.

한번 먹기 시작하면

끝없이 흡입하게 된다.

그렇게 먹고서는

'내 몸에 죄를 지었구나.' 하는

죄책감마저 든다.

하지만 그 맛의 신세계는

탄수화물 흡수에 대한

죄책감마저 떨쳐 내게 만든다.

아버지와 함께한
마지막 한 그릇

조 Photo

나는 늘 면류를 좋아했다. 언제부터 좋아하게 되었는지는 잘 기억나지 않는다. 하지만 아마도 기억의 저편, 음식에 대한 뇌 저장소를 헤집어 보면 거기엔 분명 라면이 있을 게다. 엄마는 장사에 여념이 없어 아이들이 무엇을 먹고 어떻게 커 가는지 몰랐기에 여느 엄마들처럼 칼국수를 밀대로 얇게 민다거나 멸치 육수를 말갛게 내어 잔치국수를 말아 준다거나 하는 일은 없었으니, 분명 라면일 게다. 초등학교 2학년 때 선생님께서 꺼낸 처음 라면을 먹었을 때의 놀라움과 환희를 묘사한 이야기들이 내 뇌에 천연덕스럽게 자리 잡혀 있고, 초등학생 여자아이가 라면을 세 개 끓여 밥 말아 먹던 모습을 보며 놀라 기절할 뻔하는 작은 숙모의 모습이 아직도 생생하니 분명 나의 면식(麵食)은 라면에서 시작되었을 것이다.

　나는 칼국수를 빼고는 어떤 면이든 다 사랑한다. 그 후루룩거리는 느낌이 좋고, 멸치 국물이든 베트남국수의 조미료 섞인 닭 뼈 국물이든 시원한 동치미 국물에 만 국수든 눈물 날 만큼 캡사이신이 든 매운 양념으로 범벅 된 면이든 싱가폴식으로 간장과 돼지고기로 맛을 낸 면이든 앤초비가 올려진 스파게티든 모든 면 요리는 나의 선호 음식 리스트의 맨 앞을 장식한다.

간짜장에 대한 추억 한 자락

그래도 말이다. 온갖 새로운 종류의 면이 내 혀를 기쁘게 하고 자극할지라도, 그중에 어떤 것도 넘볼 수 없는 것이 간짜장이다. 짜장도 아니고 꼭 간짜장이다. 왜관 촌년의 어린 시절, 시장통에 화교가 하는 중화반점이 있었다. 촌아이의 아비는 술꾼이었는데 가게 문을 열고 바쁜 시간이 좀 지난 늦은 점심이 되면 시장통 친구들과 삼삼오오 모여 중국요리에 술 한잔 기울이는 습관이 있었다. 아버지는 대구 할머니 집에서 학교 다니며 방학 때만 집에 머무는 선머슴 같은 셋째 딸이 안쓰러웠는지 자리가 파할 즈음에 슬쩍 불러 간짜장 한 그릇을 내밀었더랬다.

생전 처음 보는 큰 프라이팬에 불꽃이 붙으며 양파와 고기, 춘장을 볶는 광경과 냄새는 촌아이의 뇌리에 박히며, 오랜 시간 함께하지 못할 아비에 대한 따뜻한 기억으로 자리하게 된다.

이제 그 아이도 아비가 저세상으로 간 그 나이보다 더 나이를 먹었고, 아비를 닮아 애주가가 되었다. 아버지와 나눈 간짜장에 대한 기억의 끈을 마치 큰 선물인 양, 해장으로 간짜장을 시켜 먹는 버릇을 가진, 서울에 사는 촌어른이 되었다. 만약 그 아비가 아직 곁에 있었다면 연탄불에 곱창을 투둑투둑 구우며 술 한잔 기울이고, 느지막이 일어나 둘이 간짜장을 시켜 먹으며 시시덕거릴 텐데……. 아비를 일찍 잃은 설움이 어른이 되어 간짜장 한 그릇 같이 시켜 먹어 보지 못한 것이 될지는 몰랐었다.

이 글을 쓴 후로 이제 그 촌아이는 간짜장을 먹으면 눈가에 눈물이 맺힐 것 같다. 그 후로 아빠와 같이 앉아 음식 한번 제대로 못 먹었구나, 그 간짜장이 마지막이었구나, 그럴 줄 알았더라면 더 맛나게 먹고 입가에 짜장을 가득 묻힌 채 아빠를 향해 환하게 웃어 줄걸…….

삼십 년이 지난 오늘에야 깨달았다. 아빠와의 마지막 식사가 간짜장이었음을.

어느새 아버지를
닮아 가는 나

면 요리 하면 어김없이 어린 시절 어머니가 만드시던 국수가 떠   최 Chef
오른다. 아버지는 어머니가 만들어 주시는 면 요리를 좋아하셨
다. 어머니는 면을 직접 뽑으셨다. 반죽을 치대는 것부터 긴 밀대
로 밀고 칼로 써는 것까지 직접 손으로 하셨기 때문에 그만큼 공
도 힘도 많이 드는 작업이었다. 한데 나는 어릴 적에 밀가루 음식
이 너무 싫었다. 당시 형편이 좋지 않아 수제비 같은 밀가루 음식
으로 끼니를 종종 때워서이리라. 밀가루 특유의 비린내도 비위에
맞지 않았다. 그래서였는지 어머니가 반죽을 밀어 얇게 펼 때면
괜히 구멍을 내기도 하고 찢기도 하는 등 훼방을 놓곤 했다.
  손맛 좋은 어머니는 칼국수뿐만 아니라 냉면, 메밀국수 등 온
갖 면 요리를 자주 만드셨는데, 특히 잔치국수는 청주같이 맑게
국물을 내고 면만 넣어 깔끔하게 만드셨다. 하지만 나는 그 심심
한 모양새와 맛이 이해가 가지 않았고 멸치 비린내와 밀가루 냄
새가 난다고 불평했었다.
  그런데 나이가 들면서 점점 입맛이 바뀌었다. 어느새 나도 아버
지랑 똑같은 취향이 된 것일까. 이제야 어머니 국수 요리의 맛과
디테일을 새삼 깨닫게 된다. 정갈한 국물에 면을 넣은 소박하기
짝이 없는 국수는 간장 맛과 멸치 맛의 조화로움과 직접 뽑은 쫄

깃한 식감까지 모든 것을 담고 있었던 것이다. 명란젓도 마찬가지
다. 아버지는 몹시 좋아하셨지만 나는 절대로 좋아할 일 없을 것
같던, 고양이나 좋아하게 비리다 생각하던 명란젓이 이젠 최고의
반찬이 되었다. 입맛도 부전자전인지 요즘은 아내가 장볼 때 빠뜨
리지 않고 명란젓을 산다. 신기하게도 옛날 지방 호텔에서 근무하
시는 아버지가 한 달에 한 번씩 집에 오실 때면 그 전날 어머니가
아버지를 위해 명란젓을 사 오시던 모습과 닮아 슬쩍 웃어 본다.

명란젓과 면으로 아버지를 추억하다

　아버지는 호텔 요리사였다. 어머니도 요리를 하셨고 자연스럽
게 형과 나도 요리사로 살게 되었다. 아버지는 우리 형제에게 요
리사가 될 것을 강요하지도 추천하지도 않으셨지만, 의도하지 않
았음에도 우리는 자연스레 요리사가 되었다. 어린 시절 아버지가
일하시는 호텔에서 뛰어 놀고, 주방에서 요리하는 모습을 접하면
서 나도 모르게 요리사가 해야 할 것과 하지 말아야 할 것, 즉 의
무와 규칙 등이 체화되어서인지도 모르겠다. 아버지는 요리 외에
도 재능이 많았다. 특히 음악과 그림에 대단한 소질이 있었는데
친척 집마다 아버지의 그림이 걸려 있을 정도였다. 형과 나도 그
런 아버지를 닮아 예능 쪽으로 소소한 재주를 지니고 있다.

　아버지가 돌아가신 지 사 년이 지났다. 집에서도 자주 요리를 하
시던 아버지는 목이 늘어난 러닝셔츠에 헐렁한 바지 차림으로 우
리를 위해 폭찹, 야채수프, 크림수프 등을 뚝딱 만들어 내셨다.

하지만 아버지가 만들어 주시는 요리를 당연하게 생각했기에 맛있다고 감탄 한 번 제대로 해 드린 적 없었다. 요리사가 되어 많은 사람들에게 정성스러운 요리를 대접하고 있지만 단 한 번도 아버지께 요리를 해 드린 적이 없었고 내 레스토랑에 모셔 보지도 못했다. 말년에 아버지는 병으로 오래 고생하셨기에 가족도 함께 힘든 시간을 보냈었다. 안쓰럽고 그리운 아버지, 아버지를 추억하고 싶은 마음에 아버지가 그렇게 좋아하셨던 면과 명란으로 차가운 명란파스타를 만들어 보았다.

차가운 명란크림파스타

1   끓는 물에 소금을 조금 넣고 파스타면을 삶는다.
     면을 삶을 때 물을 충분히 넣는 것이 좋다.

2   파스타면이 다 삶기면 얼음을 넣은 찬물에 식힌다.
     면 사이사이가 모두 차가워질 때까지 식힌다.

3   팬에 올리브오일을 두르고 물기를 뺀 파스타면을 올린다.

4   후추와 소금으로 간을 한 뒤 접시에 플레이팅한다.

5   플레이팅한 파스타면 위에 무채를 올린다.
     무채는 짠맛도 잡아 주고, 아삭하고 시원한 식감을 준다.

6   명란과 생크림을 잘 섞어 만든 명란크림을 ⑤ 위에 곁들인다.
     은은한 향이 나는 딜을 얹어 마무리하면 좋다.

재료

까펠리니 면 70g, 명란 50g, 생크림(휘핑한 것) 20g, 얇게 썬 무 4장, 소금·후추·올리브유 약간

* 재료는 모두 완성된 음식 사진의 한 접시 기준

인생의 쓴맛을 느꼈던
그날

나를 위로해 준
음식

몸과 마음이 나락에 떨어지고

모든 것에 의욕이 사라졌을 때

노력만으로는 되지 않는다는 것을 알았을 때

힘들고 아팠던 나를 위로하는 음식이 있다.

누군가가 나를 위로하기 위해

준비한 음식은

그 정성 때문에라도 힘을 얻게 된다.

위로가 되는 요리,
정성

최 Chef

몇 년 전 우울증을 심하게 앓았다. 한낱 요리사인 내게 너무나 많
은 제안이 밀려들었다. 회사도 포커스를 나에게 맞추는 것 같았
고, 나 스스로 앞가림도 못하는데 어린 친구들은 나를 롤모델로
생각해 이메일 문의가 밀려들었으니 날로 부담이 커졌다. 머리가
복잡해지더니 불면증이 시작됐고, 수십 일을 제대로 눈을 붙이지
못하는 지경에 이르렀다. 나를 보며 슬퍼하는 아내 때문에 더욱
가슴이 아팠다. 불안장애 치료제를 처방받고는 잠은 청할 수 있
었지만 우울증은 나아질 기미가 보이지 않았고 약 때문에 정신도
맑지 않았다. 그러던 중 한 통의 문자가 왔다. 가장 친했던 친구가
사고로 세상을 떠났다는 문자. 기막힌 심정으로 상갓집에 갔는데
친한 친구가 내 몰골을 보고는 난리였다. 바쁘게 돈 버는 게 중요
한 것이 아니라 제대로 살아야 한다며, 건강도 가족도 잘 지키라
고 진심을 다해 충고를 해 주었다. 소중한 친구의 죽음, 그리고 진

실된 충고에 머리를 세게 얻어맞은 기분이었다. 의사는 약을 함부로 끊지 말라고 했지만 집에 돌아와 바로 약을 버렸다. 첫날엔 한숨도 못 잤지만 다음 날 한 시간을 잤고, 하루하루 수면 시간이 늘어나며 정신도 맑아졌다. 아이러니하지만 친구의 죽음을 접한 순간부터 나는 점차 정신을 차렸고, 삶도 제자리로 돌아왔다. 그 빈자리와 상실감은 여전하지만, 나는 그 친구가 떠나면서 나를 치료해 주고 갔다고 믿고 있다.

쓰디쓴 절망의 순간, 음식이 우리를 위로할 수 있을까. 너무 절망적인 상황에서는 요리하고 싶지도, 무언가 입에 대고 싶지도 않다는 것을 잘 안다. 하지만 누군가 나를 위로하기 위해 준비한 음식은 맛보다도 그 정성 때문에 힘을 얻게 되는 것 같다.

사는 게 다 그런 거야

한 스승님 밑에서 십 년 넘게 일하다가 독립하기 위해 레스토랑을 떠나게 되었다. 새 일터는 자수성가한 요식업자가 처음 시도한 이탈리안 레스토랑이었는데 그는 요리에 대한 철학이나 비전이 없었다. 레스토랑의 운명은 주방장인 내게 달렸는데, 대표의 취향과 고집이 너무도 완강해 조화를 이룰 수가 없었다. 내가 개발한 수많은 메뉴가 그의 입에서 나오는 '합격', '불합격'으로 평가되는가 하면, 그는 주방장인 나를 제쳐 두고 직접 메뉴를 짜는 건 물론 레스토랑의 콘셉트와 인테리어, 심지어 주방 설비까지 결정했다. 음식 값은 터무니없이 비쌌고 장사는 잘될 리 만무했다. 상식이 통하지 않는 그곳에서 하루빨리 벗어나고 싶었지만 막상 때려치우는 것도 쉽지 않았다. 텅 빈 통장과 가족들 그리고 나만 보고 따라온 후배들까지……. 죽을 맛으로 버티던 중에 스승님이 연락을 하셨다. 레스토랑에 한번 오시겠다는 것이었다. 눈앞이 깜깜해졌다. 한참을 고민하다가 내가 먼저 찾아뵙고 이런저런 사정을 모두 털어놓았다. 스승님은 "사는 게 다 그런 거야. 국수나 한 그릇 먹고 가라." 하시며 봉골레 파스타를 만들어 주셨다. 꼭 갖은 고생 다하고 도망 나온 딸에게 친정어머니가 해 주는 그런 음식 같았다.

몸이 힘들 때 생각나는 어머니의 꼬리곰탕

요리를 업으로 삼지만 내가 먹을 끼니는 밖에서 사 먹게 된다. 지금 생각하면 요리사였던 부모님이 늘 집에서 식사를 챙겨 주신 것이 신기하기만 하다. 특히 내가 어릴 때 어머니는, 허약한 나를 위해 말린 개구리를 다려 주실 정도로 몸에 좋다는 것은 다 해 주셨다. 어머니의 간판 보양식은 그중에서도 '곰탕'인데, 지금도 몸이 힘들 때면 어머니가 푹 고아 주셨던 꼬리곰탕이 생각난다. 그 진한 국물을 한 숟가락 먹으면 사랑받는 느낌이 들곤 했다. 어렸을 땐 꼬리곰탕이 막연히 부자들만 먹는 음식인 줄 알았다. 영양학적으로 정말 좋은 음식인지는 모르겠지만 곰탕을 먹으면 마치 소 한 마리의 영양분이 내 몸에 들어오는 느낌이다. 이번 장에서는 레스토랑 직원들의 식사를 만들어 주시는 이모님의 레시피로 만든 등갈비 김치찜을 소개한다. 손맛 좋은 이모님의 음식은 언제나 기운을 준다.

돼지등갈비 묵은지

1   등갈비를 미지근한 물에 한두 시간 담가 핏물을 뺀다.

2   등갈비를 끓는 물에 살짝 데친 뒤 건진다.

3   팬에 기름을 두르고 김치를 지진다. (신김치, 묵은지 등)

4   등갈비를 넣고 간장, 생강, 파 등을 섞어 만든 양념을 부은 뒤 약한 불에
     한 시간가량 푹 끓인다.
     압력솥에 찌면 골고루 잘 익힐 수 있다.

재료

돼지등갈비 한 되, 김치 1/4포기, 간장 3TS, 다진 마늘 20g, 다진 파 50g, 설탕 20g,
생강 1쪽

배추떡볶이의
위로

어릴 적부터 젤 좋아하는 음식이 떡볶이였다. 학교가 파하면 오
십 원어치 사 먹고 집으로 돌아오는 것이 나의 큰 즐거움이었다.
그러나 오십 원어치는 늘 내게 모자랐고, 열 개쯤 다 먹고는 떡볶
이집 철판 앞을 떠나지 못하고 빨간 고추장에 묻혀 푹 익은 대파
나 배추 같은 채소를 눈치껏 건져 먹는 것도 모자라 포크를 쪽쪽
빨며 서 있곤 하던 기억이 난다. 여고 시절에도 학교 앞에 즐비했
던 분식집을 그냥 지나칠 리 만무했다. 물론 그 분식집 떡볶이에
도 야채가 듬뿍 들어 있었고, 떡볶이 양념과 함께 잘 익어 숨이
죽은 양배추는 떡볶이 먹는 즐거움을 두세 배로 만들었다.

왜관에서 온 유학생, 서울 떡볶이와 이별하다

그랬던 내게 서울로 대학을 오고 나서 처음 본 떡볶이는 충격
이었다. 이른바 쌀떡볶이. 굵은 가래떡에 고추장이 묻은, 배추나
파 같은 채소는 거의 없이 밍밍하게 가래떡 맛만 느껴지는 떡볶
이에 나는 배신감마저 들었다. 나의 길거리 떡볶이 사랑은 그렇
게 끝났다.

신촌에 즐비하던 떡볶이 포장마차 앞에서 맛있게 먹는 이들
이 그때는 불쌍했고, 노점상들을 원망의 눈초리로 흘겨보기도

했던 듯하다. 암울하기만 했던 나의 이십 대에 위로의 음식이 사라진 거다. 초등학교 때부터 쭉 그 맵디맵고 달콤하던 밀가루떡볶이를 먹으며 위안을 받았는데 팍팍한 서울 생활에 앞날도 캄캄하기만 했던 가난한 시골 유학생의 유일한 위로 음식이 사라진 거다. 곰곰 생각해 보면 천 원 이천 원에 채소까지 팍팍 넣어 만들어 팔았다간 원가도 안 나올 터였다. 그래도 떡볶이는 밀가루떡에 채소의 단맛이 배고 떡과 푹 익은 채소를 건져 먹는 게 재미고 제맛인데……. 그리하여 나는 배추떡볶이를 직접 해 먹게 되었다. 어차피 익힐 것이므로 비싸고 노란 싱싱한 배추를 사지 않아도 되었고, 집에는 물론 엄마가 시골에서 담근 고추장이 있으니 밀가루떡과 오뎅, 라면 혹은 싸구려 냉동만두면 충분했다.

지친 영혼을 달래는 나만의 배추떡볶이

배추를 큼직하게 세로로 잘라 한 솥 넣고 볶다가 배추에도 간이 배도록 고추장 한 숟가락, 간장 조금, 물 조금 넣고 끓이면 배추에서 나온 달달한 물과 함께 최고의 양념이 된다. 어느 정도 배추 숨이 죽으면 거기에 떡, 오뎅과 따로 구워 놓은 만두를 넣어 좀만 더 끓이면 그런 진수성찬이 없다. 시험이 끝난 날이나 시답잖은 인생을 논하며 밤새 술을 마신 다음 날, 나의 지친 영혼을 위로하며 먹는 최고의 음식이다. 이렇게 하여 배추떡볶이는 내게 친구다, 아니 추억의 음식을 만들어 먹는 그 행위가 내게는 친구가 된다.

일에 마음을
다한다는 것은

나의 직업 정신

스승님께서는 늘

'셰프는 접시에 얼굴을 담는다.'라고 일깨우셨다.

그 말처럼 내가 대접하는 한 그릇 요리가

바로 '내 얼굴'이 되도록 애썼다.

양심과 자존심을 스스로 깎지 않을 요리를

만들 일념으로 오늘도 일한다.

허투루 찍지 말아야지.

아침마다 다짐한다.

천 번은 찍어야지 하고 마음먹는다.

그럼에도 가장 큰 딜레마는

어디까지 할 것인가 하는 문제다.

사진가는 사진 속에 자신을 담는다.

함께 빚던
만두의 추억

최 Chef

우리 가족은 명절 차례를 지낼 때 꼭 만두를 빚었다. 온 가족이 둘러앉아 각자 일을 나눴는데 나는 주전자 뚜껑으로 반죽을 찍어 둥근 만두피를 만드는 것을 담당했다. 만두소 넣기와 빚기는 어머니와 외할머니가 맡으셨다. 외할머니표 만두는 무척 담백했는데 어머니도 그 만두를 이어받으셔서 지금도 약간은 싱거운 듯 밋밋한 만두를 만드신다. 일반 만두 재료인 두부, 돼지고기, 씻은 김치를 넣어 전형적인 서울 만두를 빚으시는데, 어린 시절 내 입맛에는 무미건조한 탓에 맞지 않았다. 그러나 그 무미건조한 맛이 은은하고 깊은 맛임을 최근에야 깨닫게 되었다. 어머니의 손맛은 요리사가 되어 맛본 세계 곳곳의 다양하고 맛있는 만두들에 결코 뒤지지 않을 만큼 돋보이는 것이었다.

만두는 유독 손이 많이 가는 음식이다. 그래서일까 우리네 대표 명절 음식이었던 만두를 직접 만드는 사람들이 줄어들고 있다. 매년 제사 음식이며 명절 음식을 철저히 챙기시는 우리 어머니도 이제 만두는 격년에 한 번씩만 빚으신다. 곁에서 돕던 두 아들이 바빠진 탓에 직접 만들기보다는 마트에서 파는 가공만두로 명절을 대신하신다. 요즘은 가공만두의 퀄리티도 많이 높아져, 직접 소를 만들고 빚는 만큼의 정성이나 신선도까지는 못 미치더라도 특유의 감칠맛과 다양성으로 사람들의 입맛을 사로잡고 있다.

핸드백 모양의 만두

요리사가 된 후로 나는 만두에 푹 빠지게 됐다. 만두뿐 아니라 중국의 딤섬, 이탈리아의 라비올리 같은 '외국 만두'도 두루 맛보고 많이 접하게 되었다. 다양한 파스타 중에도 만두와 비슷한 것들이 많다. 라비올리, 토르텔리니 같은 것들이다. 우리 만두와 차이가 있다면 반죽의 차이와 빚는 방법의 차이, 그리고 무엇보다 속에 채우는 소의 차이가 있겠다.

현재 내가 속한 레스토랑은 패션 사업도 병행하고 있어 레스토랑 아래층에는 패션 편집 매장이 자리하고 있다. 그곳에 입점한 핸드백 브랜드가 있는데, 어느 날 그 브랜드의 디자이너이자 대표가 우리 레스토랑을 방문한 적이 있었다. 나는 그날 특별히 그가 디자인한 핸드백과 똑같은 모양으로 만두를 만들어 대접했다. 손바닥만 한 크기에 핸드백 특유의 패턴과 금장까지 똑같이 넣어 빚었다. 그는 세상에 하나밖에 없는 핸드백 만두를 보더니 일어나서 박수를 쳤다. 만두가 가져다 준 뿌듯한 추억이다.

내 요리의 정체성을 '창의성'에 둔 것은 팔 년 전쯤 시작되었다. 그 전에는 여러 스타일을 시도했는데 음악에도 록, 발라드, 재즈, 그 외에 여러 장르가 있듯이 요리사도 자신의 적성과 재능에 맞는 스타일의 요리를 찾아 고군분투한다. 나는 어느 순간, 내가 만든 메뉴가 어디서든 접할 수 있는 전형적인 요리가 아닌지 고민하게 되었고, 그 순간부터 계속해서 새로운 요리를 고집하고 갈구했다. 이후 몇 년을 그렇게 살았더니 '미친 요리 만드는 셰프'라는 별명이 붙었다. 크레이지 셰프로 불리며 처음 입지를 굳히기 시작했을 때는 머릿속에서 불꽃이 펑펑 터졌다. 초기에는 축적된 내공을 꺼내 세상에 없던 요리를 엄청나게 만들어 내며 내가 천재인 줄 착각하기도 했다. 그렇게 계속 주방에서 메뉴를 구상하고 만드는 데 희열을 느끼며 여러 해를 보냈다. 지금도 꾸준히 새로운 메뉴를 선보이고 있지만, 이전과 달리 즐거움보다 스트레스가 커지고 있다. 사실 스승님의 오랜 가르침 덕에 비축된 맛과 내공이었는데, 점차 밑천이 드러나면서 새로운 요리를 위해 더 많은 공부와 생각, 시도가 필요해졌기 때문이다. 그래서인지 몇 년 전부터는 메뉴를 발표하기 몇 주 전부터 혼자만의 고난 주간이 시작된다. 새롭다 싶으면 일전에 이미 썼던 재료와 레시피가 겹치는 것 같아 괴롭기만 하다. 제아무리 창의성에 초점을 맞춘다 하더라도 요리는 요리이기에 탁월한 맛은 기본이며, 먹는 이가 위트를 느낄 만한 요소도 빠뜨려서는 안 되기 때문이다. 이런 고민으로 머리를 싸매다 보면, 다 내려놓고 편하고 쉬운 요리를 만들어 먹으며 쉬고 싶은 마음이

굴뚝같다. 햄버거나 핫도그 같은 음식 말이다.

스승님께서는 늘 '셰프는 접시에 얼굴을 담는다.'라고 일깨우셨다. 처음 독립했을 무렵 목표는 정말 단순했다. '부끄러운 요리는 안 하겠다.'라는 생각뿐이었다. 스승님의 말처럼 내가 대접하는 한 그릇 요리 자체가 바로 '내 얼굴'이 되도록 애썼다. 양심과 자존심을 스스로 깎지 않을 요리를 만들 일념으로 열심히 일했다. 그런데 이제는 신조 하나만으로 만족할 수가 없다. 늘 새로운 요리를 선보여야 한다는 강박, 남들이 시도하지 않았던 방법을 보여 주겠다는 고집까지 따라붙은 것이다.

최근에 영화 「아메리칸 셰프」를 봤다. 뉴욕에서 셰프로서 입지를 다지고 큰 레스토랑에서 요리하는 주인공이 평론가와 여론에 의해 직장을 잃는다. 사실 스스로 박차고 나왔다는 것이 더 정확하다. 그러고는 아들과 푸드트럭으로 미국 전역을 돌아다니며 초심을 찾는다는 줄거리다. 영화를 보고서 충격과 부러움이 함께 밀려왔다. 그 삶이 정말 재미있을 것 같았다. 푸드트럭에서 소박한 요리를 팔면서 재충전하는 시간을 갖는 것. 그렇게 소진된 나를 채우고 돌아오면, 새로운 요리를 추구하는 내 본업에도 더 충실할 수 있을 것 같은데…….

창의적인 요리에 공감을 넣다

셰프로 일하며 배운 게 몇 가지 있다. 창의성 하나만으로 승부해서는 고독한 행위예술밖에 되지 않는다는 것이다. 패션은 물론, 디자인이 필요한 모든 일도 마찬가지라고 생각한다. 거리를 걷는 사람들에게 남들은 도통 이해할 수 없는 옷들을 입혀서 되겠는가! 요리 역시 사람의 공감을 얻지 못하면 한 그릇의 전시품에 지나지 않는다. 언젠가 친한 미식가 한 명이 우리 레스토랑을 찾았다. 그날은 마침 그의 생일이었다. 나는 곧바로 주방에 들어가 모든 코스를 생일상에 맞게 바꿨다. 스테이크에는 양파와 간장을 넣어 생일 식탁에 빠질 수 없는 불고기 맛이 감돌게 했고, 가자미와 미역으로 미역국 맛이 나는 크림수프를 만들었다. 모두 메뉴에 없던 즉흥 요리였다. 덕분에 그날은 그의 미식 인생에서 잊을 수 없는 경험이 되었단다. 창의적인 요리에 공감이 스며들게 한 노력이야말로 내 요리를 차별화시킨 원동력이다.

나는 주방에서만은 매우 까탈스러운 편이어서 한참 전부터 유니폼도 내가 직접 디자인해 입었다. 육 년 전부터는 검은색 유니폼을 입고 있다. 요리사라고 해서 흰 앞치마만 둘러야 한다는 법은 없으니까. 처음에는 내가 좋아하는 요소를 유니폼에 모두 집어넣었다. 이소룡이 영화 「정무문」에서 입었던 중국식 정장도 참고해 봤다. 그 뒤로 우리나라에서는 좀처럼 볼 수 없던 검은색 조리복이 유행하는가 하면, 심지어 내가 개발한 레시피를 그대로 가져가 영업하는 레스토랑도 있었다. 그럼에도 끊임없이 새로운 요리를 만들고, 모든 면에서 스스로를 새롭게 갈고닦아야 하는 것은 분명한 내 일이다.

핸드백 모양의 만두

1   비트를 익혀서 계란과 섞은 후 믹서에 간다.
         비트를 구우면 색깔이 더욱 진하게 난다.

2   믹서에 밀가루와 ①을 넣고 분쇄로 살살 갈아 준 후
         비닐에 넣고 따뜻한 곳에서 30분 정도 숙성시킨다.

3   반죽을 얇게 밀어 원하는 만두 모양으로 빚는다.
         여기에 게살, 리코타치즈, 소금, 후추를 섞어 만든 만두소를 채워 준다.

4   생크림을 팬에 끓여 소금, 후추로 간을 한다.
         다진 양파를 버터에 볶다가 생크림을 넣고 소스를 만들면 더욱 맛있다.
         생크림 대신 버터와 밀가루 섞은 것을 사용해도 좋다.

5   만두를 잘 삶아 플레이팅하고 생크림 소스를 곁들인다.
         만두를 삶아 소스에 버무려도 좋다.

재료

비트 1/3개, 계란 2개, 밀가루 240g, 생크림 100ml, 게살 100g, 리코타치즈 80g,
소금·후추 약간

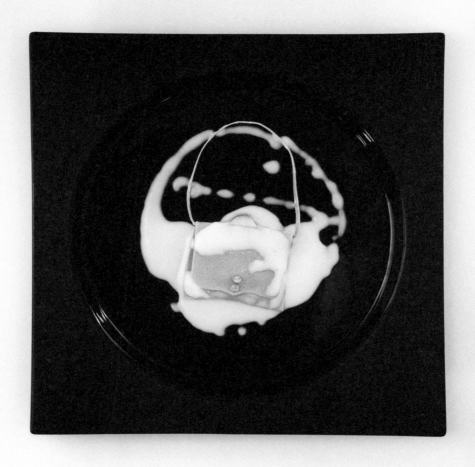

천 번 을 찍 는 다 는
마 음 으 로

허투루 찍지 말아야지. 아침마다 거울을 보며 입가를 슬쩍 올려
보며 다짐한다. 어떤 대학원 최고경영자과정 특강을 갔었다. 그
들 중 대부분은 사진에 대한 애정도 없는 듯 보였다. 그러니 조선
희가 누군지도 관심 없을뿐더러 내가 뭐라고 하는지 보자는 심
보로 앉아 있는 것이었다. 그때처럼 공격적인 질문을 받아 본 것
도 처음인 유쾌하지 않은 경험이었다. 그 강의를 마치고 나오며
다짐했다. '허투루 살지 말아야지.'
   마지막 질문자의 질문, "성공한 것처럼 보이는데 성공 요인
이 뭐라 생각하십니까?" 나는 "처음 사진을 찍을 때 6컷을 위해
12시간을 찍었고 36컷짜리 필름 30롤을 썼습니다. 그때 그 마음
으로 사진을 찍어요."라고 답했다.
   잘못된 답이었다. "늘 그 마음이고자 다짐한다."라고 했어야
옳다. 천 번은 찍어야지 마음먹고 천 번을 누르고 싶다. 그러나 그
럴 수 없다. 내 앞에 모델이나 배우라는 피사체가 있고 서로 교감
을 나누며 하는 작업이기에 그들이 내 카메라에 몰입하고 있는지
그저 사진 찍히는 일로 하고 있는지 피곤해서 빨리 끝내고 싶은
지, 그렇더라도 최선을 다하고 있는지 아닌지 느껴진다. 많은 스
케줄에 피곤하지만 최선을 다하는 누군가가 카메라 앞에 서 있으

면 내 마음이 아린다. 셔터를 누르는 내 손가락이 죄스럽고 미안하다. 나는 타고난 사냥꾼이기에 애써 그 마음을 누르며 셔터를 누르지만 옛날같이 모질지는 못하다. 천 번을 누르지는 못한다.

허투루 찍지 않겠다

처음처럼 미친 듯이 찍을 수 있는 상황이 점점 드물어진다. 스타 마케팅이 범람하며 사진 찍히는 것이 누군가에겐 그저 '일'일 뿐인 경우가 많아진 탓도 있다. 나쁘지 않게 찍히고 회사에서 퇴근하듯 빨리 가고 싶은 그들을 탓하고 싶지는 않지만 서로 존중하고 즐기며 찍고 찍히던 그 시절이 그리운 건 사실이다. 이정재의 얼굴에 페인트를 붓고 화학약품 냄새가 지독한 박스에 정우성을 들어가게 하던 그 시절은 어디로 갔을까? 하지만 지나간 화려한 시절을 그리워만 할 때가 아니다. 내게 가장 큰 딜레마는 그럼에도 불구하고 나는 어디까지 할 것인가 하는 문제다. 나도 영혼 없는 찍사가 될 것인가? 여전히 셔터를 누르는 내 손가락에 영혼을 담을 것인가? 어디까지 눈을 감고 귀를 막을 것인가를 촬영 때마다 결정해야 한다. 나 혼자 맘대로 촬영할 수 있는 일이 아니기에 서로 감정이 상하지 않는 선에서 결정해야 한다. 누군가의 사진을 찍는다는 것은 친구를 사귀는 것과 같다. 내가 먼저 마음을 열어야 상대방도 마음을 여는 법이다. 서로에 대한 깊은 신뢰와 믿음이 없이 좋은 사진을 얻는 것은 불가능하다. 비주얼적으로 좋은 그림을 얻을 수 있을지는 모르나 그건 껍데기에 불

과하다. 그래서 매일 아침 나는 거울을 바라보며 다짐한다. 허투
루 찍지 말아야지. 천 번을 찍어야지.

진심을 담아내고자

누군가는 묻는다. 그렇게 많이 찍으면 다 비슷비슷하지 않느
냐고. 영화 「관상」 포스터 찍을 때의 일이다. 4×5 대형 카메라
로 얼굴 클로즈업을 찍기 때문에 배우들이 거의 움직일 수도, 포
즈를 바꿀 수도 없는 상황이었다. 배우 송강호를 찍으며 그 자리
에 있는 모든 스태프들이 모니터를 들여다보며 숨을 죽였다. 이
백 컷 정도 찍었는데 놀랍게도 그 모든 컷의 느낌이 다 달랐다.
눈빛은 말할 것도 없고 얼굴 근육의 움직임이 미세하게 변화하고
있었다. 몇십 년 동안 연기해 오며 쌓인 내공의 힘도 크겠지만 그
안에 담긴 것은 본인이 맡은 역에 대한, 본인 자신의, 카메라 너
머에 있는 사진가에 대한 진심 때문이 아니었을까?

최현석 셰프가 만든 핸드백 모양의 만두를 보니 동질감이 느
껴져 입가에 미소가 돈다. 그 핸드백 브랜드의 디자이너를 위한
요리를 준비하게 되었는데 그가 만든 핸드백 모양으로 만두를 빚
어야겠다는 생각이 들더란다. 아마 최 셰프는 손님에게 특별한
요리를 내고 싶었을 테고, 그 마음은 진심이었을 것이 분명하다.
진심은 생각을 하게 만들고 그 생각이 창의성을 낳는 법이다.

최 셰프의 스승이 '셰프는 접시에 얼굴을 담는다.'라고 말했단다.
그렇다. 사진가 역시 자신이 찍은 사진 속에 자신을 담는 법이다.

내 안의 남성성과
여성성에 대하여

가장 남성적인,
가장 여성적인

'수컷'스러운 음식이라면
항상 '고기'를 먼저 떠올리게 된다.
그중 꾸미지 않고 야성이 넘치는
스테이크는 대표 수컷 요리다.

이탈리아 요리에서

빼놓을 수 없는 식재료인 조개.

조개를 뜻하는 이탈리아어 '봉골레'

봉골레 파스타,

단순하지만 깊은, 선물 같은 맛.

내 안의
여성성에 대하여

스테이크를 처음 먹었던 날의 충격이 떠오른다. 고기를 통째 구워 칼로 쓱쓱 썰어 입속에 넣어 우걱우걱 씹어 먹다니. 그날 먹은 것은 게다가 고기 사이에 뼈가 들어간 티본 스테이크였다. 맛을 떠나 그 행위와 스테이크의 비주얼은 수렵 시대의 그 무엇을 떠올리게 했다. 어릴 적 우리 아빠는 육회를 즐겨 드셨다. 먹고 남은 육회를 고추장에 갖은 양념을 해서 프라이팬에 달달 볶아 먹곤 했는데 알다시피 육횟거리는 기름기가 없는 부위를 무채 썰듯 한 것이라 고기의 질감보다는 부드러운 식감과 고소함이 느껴졌다. 고기란 그런 것으로 알던 내게 처음 맛본 티본 스테이크는 충격에 가까웠다.

그 외양 때문에 가장 여성적인 식재료로 떠오르는 조개. 조개하면 나는 백합과 관련된 기억이 떠오른다. 대학 시절 다큐멘터리 사진가 선배의 어시스턴트로 따라다니던 중 목포에 들렀더랬다. 낯선 전라도 땅의 어느 횟집에서 상다리 부러지게 나온 스끼다시에 놀라움을 금치 못했는데, 그중 하나로 나온 것이 백합이었다. 호일에 감싸인 것을 벗기자 하얗고 고운 조개가 나왔다. 입 벌린 조개의 속살은 하얗다 못해 빛을 발하고 있었고, 내 눈에는 아름답기까지 했다. 까만 껍데기에 오렌지색 속살, 게다가 까만 털로 구성된 홍합과는 대조적인 아름다움이랄까? 마치 까만 피부를 가진 어린 시절 내가 동경했던 하얀 피부의 꼬마 숙녀처럼 느껴졌다. 조개가 가진 비주얼적인 여성성을 내 의식의 표면으로 떠올린 건 더 오랜 시간이 지나서였다. 조지아 오키프의 「살짝 벌어진 대합」처럼 느끼는 데는 말이다.

가장 남성적인 혹은 가장 여성적인 요리를 이야기하면서 내 안의 여성성을 생각해 보게 된다. 참 오래도록 남자아이 아니냐는 말을 많이 들었다. 좀 더 커서는 '총각' 하고 불러서 길 물어보는 할머니도 종종 있었더랬다. 시골 어딘가로 촬영을 가면 남자여, 여자여? 하며 수군대는 할머니 할아버지들이 꽤 있었고, 케냐, 네팔, 터키, 인도 등 남녀 역할이 정해진 곳에서는 남녀노소 할 것 없이 고개를 갸우뚱하며 내게 성을 묻기도 했다. 짧은 커트 머리에 굵은 목소리, 여자답지 않은 몸짓. 여자라 보기엔 남자 같고, 남자라 보기엔 여자 같은 몸을 가졌으니 당연한 일인 듯하다. 그만큼 난 남성성이 훨씬 강한 여자였다. 결혼하고 아이를 낳은 후엔 얼굴을 마주하고는 그런 일이 없어졌지만, 모르는 이와 전화상으로만 얘기할 때면 백 퍼센트 오인받는다. 늘 이런 식이

다. "어 조선희 고객님은 여자 분인데……." "네 맞아요. 저 여자
입니다." 제일 재미있었던 일화는 아들 때문에 겪었다. "기휘 어
머니 전화 아닌가요?" "네 맞습니다." "아 기휘 아버지시구나. 어
머니 부탁드려요." 이쯤 되면 화도 나지 않는다. 외려 가끔씩 안
줏거리로 올리는 멋진 아이템이 되었다.

선머슴 같은 여자아이의 눈물

여성성. 참 오래도록 갖고 싶은 거였다, 아니 드러내고 싶었다
고 말해야 옳을지도 모른다. 하얀 피부에 긴 머리를 가진 여자아
이들이 늘 부러웠다. 긴 머리를 한 번도 해 보지 못했고, 예쁜 레
이스가 달린 옷도 가져 보지 못했던 것을 떠올리면 난 여성적으
로 길러질 기회를 갖지 못한 듯하다. 연약하고 여성적인 몸짓을
가진 '소녀'는 늘 먼 동경의 대상이었다. 선머슴처럼 짧은 머리에
남자아이들과 딱지치기, 구슬치기, 다방구를 하며 싸움박질하기
에 바빴다. 그러나 여자로 태어났으니 여성성이 아예 없을 리는
만무하고, 남자같이 행동했지만 스스로 상처받지 않았을 리 없
다. 그래서인지 난 눈물이 많았다. 혼자 남들이 이해할 수 없는
눈물을 많이 흘렸다. 엄마조차 내가 왜 우는지 이해할 수 없다고
했다. 겉은 단단하지만 속은 여리고 더 상처받기 쉬운 것이 나였
다. 대학생이 되고 사 년 내내 붙어 다녔던 친구들이 말하곤 했
다. "우리 중에 선희가 제일 천생 여자인데 사람들은 왜 모를까."
처음 그 말을 들었을 때 눈물이 핑 돌았다. 이제 나를 이해하는,

나의 속살을 쓰다듬어 주는 내 편이 생겼다는 사춘기적 사고방식이었지만, 내 맘속에 기쁨과 회한의 눈물이 흘렀다. 어쩌면 그들이 표현한 '천생 여자'라는 말이 그 후로 나의 여성성을 키워 주었는지도 모르겠다는 생각이 지금에야 든다.

그렇게 난 여성성과 남성성을 콘트라스트 강하게 한꺼번에 지니게 되었다. 그런 점에서는 사진 찍는 일과 잘 맞는 것 같기도 하다. 사진을 찍는 것은 겉으로는 험해 보여도 결국은 감성과 디테일 싸움이다. 무거운 카메라와 나의 가는 손목, 필드에서 큰 목소리로 이것저것 요구하는 카리스마와 피사체로부터 감정을 이끌어 낼 때의 호소력, 다른 아름다움을 꺼내고자 하는 섬세함, 거칠면서도 여림이 나를 지금껏 사진가로 살게 했나 보다.

스테이크,
'수컷'의 요리

최 Chef 인류가 최초에 처음 먹은 음식은 아마도 남자들이 사냥한 동물의 날고기였을 것이다. 그러다 불을 발견하고 비로소 고기를 불에 구워 이로 뜯기 시작했으리라. 나는 '수컷'스러운 음식이라면 항상 '고기'를 먼저 떠올리게 된다. 그중 꾸미지 않고 야성이 넘치는 스테이크는 대표 수컷 요리다.

여성이 주 고객층인 우리나라 외식 산업에서는 비피(beefy: '우람한')한 스테이크조차 여성의 입맛에 맞추어 변화하고 있지만, 사실 스테이크의 본고장인 호주나 미국에서는 주로 시원한 맥주를 곁들이는 남자의 음식으로 통한다. 제아무리 여심을 끌어당기는 비주얼을 갖춘들, 거칠고 강한 스테이크의 본질은 변하지 않는 듯하다.

그런데 요리에서도 그렇지만 사람도 여성적, 남성적인 면모가 균형 있게 조화되면 색다른 재미가 있다. 상남자(?)로 불리는 나조차도 의도치 않게 여성적인 모습을 보일 때가 있다. 양반다리 자세가 어려워 조신하게 다리를 모아 앉은 모습을 보고 평소의 내 이미지와 대조된다고 많은 사람들이 재미있어 한다. 여성적인 취향을 가미한다 해도 스테이크의 거친 매력이 약화되지 않는 것 또한 같은 이유이리라.

여성적 요리, 백합 요리의 추억

스테이크가 남자의 요리라면, 반대로 가장 여성적인 요리로는 외양상 조개가 떠오르고 자연스레 조개류를 곁들인 파스타를 추천하고 싶다. 그래서 이 장에서 선보일 요리는 봉골레인데, 초보 요리사 시절 힘들고 출출할 때 주방 형이 슬쩍 만들어 주면서 일 분 만에 너무 맛있게 먹어 치우던 추억의 요리다.

이탈리아 요리에서 조개는 빼놓을 수 없는 식재료다. 요리를 처음 배울 때 주방 형들은 조개로 19금 농담을 많이 했었다. 그런 야한(?) 식재료 때문에 동료애를 깊이 느꼈던 일화가 있다. 내가 일하던 레스토랑에는 백합을 숯불에 구워 살을 빼낸 후 구운 빵가루, 양파, 베이컨 등과 섞어 조개에 다시 올려 익히는 요리가 있었는데 라자냐만큼이나 조리 시간이 길었다. 사건이 일어난 날은 가장 바쁜 시즌인 12월이었다. 밀려드는 주문에 정신없이 일하다가 거의 완성한 백합 요리를 떨어뜨려 버렸다. 깐깐하기로 유명하신 주방장님이 들어와 진행 상황을 물으셨고 나는 그저 하얗게 질려 서 있을 수밖에 없었다. 그런데 그때, 평소에는 짓궂던 주방 형들이 잽싸게 바닥에 떨어진 요리를 치우고 다 같이 수습해서 제시간에 맞춰 다시 요리를 만들어 냈다. 조개는 내게 장난스러운 식재료로 기억되는 동시에 진한 동료애를 확인시켜 준 식재료다. 그 후로 백합 요리는 내게 절대 잊을 수 없는 요리 중 하나가 되었다.

카메라와 앞치마의 토크

성별에 대하여

최 요리사는 남녀 구분이 없다고 생각해요. 요리사의 성별은 다 '요리사'예요. 남자든 여자든 누가 더 요리를 잘하고 그런 건 없어요. 다만, 오래 서 있고 무거운 조리 기구를 많이 드니 체력적으로 힘들긴 하죠. 육체노동이 기본인 직종이니까요. 어지간히 독한 마음을 먹지 않으면 여성들이 오래 버티기가 쉽지 않죠.

조 사진이랑 똑같네. 처음에 김중만 선생님 어시스턴트를 할 때, 제가 최초의 여성 어시스턴트였어요. 한번은 사막에 촬영을 갔어요. 모래에서 걷기 정말 힘들잖아요. 또 어시스턴트는 저 혼자다 보니 매니저 분이 제 짐을 들어 주려고 하는 거예요. 저는 괜한 자존심에 괜찮다 했죠. 이제는 누가 도와준다고 하면 도움을 받아도 좋다고 봐요. 피차 힘든 건 마찬가지인데 서로 도우면 좋죠. 다만 그 일을 내가 안 하고 남에게 맡겨 버리는 곤란하죠. 아무튼 워낙 체력도 좋고 정신력도 되니 남들보다 잘 버텨요. 해외 촬영을 가도 남들은 촬영 끝나고 방전이 되는데 저는 술 마시러 갈 여력이 남죠.

최 맞아요. 정신력이죠. 성별, 외모를 떠나서 정신력이랑 자신감만 있으면 어느 영역에서든 자기 능력을 십분 발휘할 수 있는 것 같아요.

백합봉골레

1   끓는 물에 소금을 넣고 면을 삶는다.

2   팬에 올리브유를 두르고 마늘을 볶다가 백합을 넣는다.

         마늘은 타지 않게 주의하고 갈색으로 변하기 전에 백합을 넣어 준다.

3   백합을 센 불에 빨리 볶은 후 소금, 후추로 간을 한다.

         백합이 열리지 않은 상태여도 상관없다.

         다른 조개류를 써도 좋지만, 백합이 다른 조개에 비해 단맛이 강하며 맛도

         풍부하다.

4   조리용 와인이나 식용 와인 혹은 럼주, 코냑 등으로 잡내를 날려 준다.

         알코올을 잘 날려야 신맛이 나지 않는다.

5   백합 혹은 바지락 끓인 육수를 4~5온스 정도 넣어 준다.

         조개류를 200그램 정도 냄비에 자작하게 물을 넣고 끓인 후 나온 육수를

         사용한다.

6   삶은 파스타를 넣고 잘 섞는다.

         면의 전분과 육수를 잘 섞어 소스화 시킨다.

7   취향에 맞게 간을 한 후 올리브오일을 약간 뿌려 준다.

8   플레이팅 시 생쑥갓으로 마무리한다.

재료

링귀니 면 120g, 백합 10개, 쑥갓 15g, 소금·후추·올리브유·와인 약간,

다진 마늘 10g, 조개 육수 4oz

스테이크

1   팬에 올리브유를 두르고 달군다.

2   스테이크용 고기(두께는 최소 2.5센티미터 이상)를 소금 간 한다.

     통후추를 곁들여도 좋다.

     부드러운 식감을 좋아하면 안심, 씹는 맛을 즐기려면 채끝등심을 선택한다.

     기름짐과 담백함의 중간 맛을 느끼려면 꽃등심이 좋다.

3   달궈진 팬에 스테이크용 고기를 굽는다. 처음엔 센 불에 한 면을 태우듯이
     굽는다. 뒤집어서 다른 면도 똑같이 태우듯 굽는다.

     이를 '시어링'이라고 한다. 이후 불을 조절하며 마무리한다.

     타지 않게 속까지 익히고 싶으면 뚜껑을 덮어 익히면 된다.

4   고기를 플레이팅한 뒤, 팬에 남은 기름을 버린다. 육즙이 약간 남은 팬에
     포트와인이나 포도 주스를 넣고 푹 졸인 뒤 버터를 섞어 소스를 만든다.
     가니쉬로는 주로 집에 있는 양파나 마늘을 곁들인다. 양파는 크게 썰고
     마늘은 통으로 익혀 소금과 후추로 간을 한다.

     스테이크에 다양한 소금을 곁들여도 좋다. 레몬 껍질의 흰 부분을 제거하고
     노란 부분만 소금과 함께 믹서에 갈면 '레몬소금' 맛이 난다.

     소금을 카레와 섞어 '카레소금'을 곁들일 수도 있다.

재료

한우 300g, 소금·후추·올리브유 약간, 포트와인 100ml, 버터 1/2TS

나만의 색깔을
갖는다는 것

창의성에 대하여

남과 다른 것을 만들어 내고자 한다는 것은
어떤 의미인가.
색다른 식재료를 결합시킨 요리.
나만의 색을 보여 주는 사진.
우리 모두에게 '창의성'이란 무엇인가.

익숙한 것에서
벗어나기

최 Chef

십 년 넘게 한 스승님 아래에서 요리를 하다 보니 처음에는 나만의 요리 스타일을 만들 수 없었다. 독립해서 다른 레스토랑에서 일하며 비로소 '내 요리'를 선보이게 되었다. 그런데 어느 날 내가 일하던 레스토랑에 대한 리뷰에 이런 글이 올라왔다.

"맛이 있긴 한데 라쿠치나의 요리가 오버랩 된다."

말이 좋아 오버랩이지 결국 스승님의 요리와 똑같다는 것이었다. 이 일로 나는 두 가지를 깨달았다. 첫째, 스승님 요리를 똑같이 하는 것은 한 시장에서 똑같은 물건을 파는 것처럼 시장의 파이를 나눌 뿐이라는 것. 둘째로, 나 역시 나를 따르는 후배들이 있는데 스승님의 그늘에서 벗어나야 그들에게 본이 되지 않을까 하는 생각이 들었다. 그때부터 남들이 안 하는 요리를 하기로 마음먹고 지금도 새로운 메뉴를 개발하는 데 몰두하고 있다.

창의성이란 세상에 존재하지 않던 것을 새로 빚어내는 게 아

니라, 기존에 있던 많은 요소를 융합해 다른 사람이 생각하지 못
한 방법으로 재생산하는 것이라고 나는 생각한다. 물론 창의성
을 발휘하기 이전에 기본 요리 실력을 탄탄히 쌓아 두어야 하는
것은 기본이다. 사실 지금 내 요리도 어찌 백 퍼센트 순수한 창작
으로 볼 수 있으랴. 눈치가 빠른 몇몇 친구들은 내 요리를 맛보
고 '뭐 하고 뭐 섞었지?' 하며 날카롭게 잡아내기도 한다. 실제로
나는 기존에 존재하던 많은 것들을 머릿속에서 뒤섞고 조합해
이전에 보지 못한 패턴으로 재생산하곤 한다.

　이제 요리사의 길을 함께 걷고 있지만 스승님께서는 트래디셔
널에 가까운 길을 가고 계시고 나는 크리에이티브에 몰두하게 되
면서 이탈리안 다이닝이라는 같은 파이를 나누는 경쟁자가 되었
다. 어느덧 성장한 제자를 보고 흐뭇해하시는 스승님께 늘 깊이
감사한다.

두 마리 토끼, 창의성과 깊이의 마리아주 개발

　제아무리 독특한 개성의 요리를 선보인다 해도 기본과 깊이가
없으면 쉽게 내공이 들통나고 만다. 나 역시 스승님의 그늘에서
벗어나기 위해 처음엔 기술과 퍼포먼스에 열을 올렸다. 국내뿐 아
니라 해외로도 다니며 새로운 기술을 습득하기도 했다. 그때 폼
나는 분자요리 퍼포먼스에 몰두했다. 그러나 이제는 그에 예전처
럼 감흥을 느끼지 않는다. 디테일과 깊이가 중요하다는 걸 깨달
아 가는 과정인 듯하다. 최근에 내게 가장 큰 감동을 주었던 요리

는 리소토다. 리소토는 이탈리아 요리 중에도 참 간단한 메뉴다. 그러나 내가 뉴욕 출장에서 맛본 리소토는 아주 단순하면서도 쌀알을 씹을 때 느낌이 이가 서로 닿을까 말까 하는 정도의 식감으로 기막히게 익혀져서 그 깊이 있는 디테일에 감동했다. 이에 영감을 받아 장어와 갓김치를 곁들인 리소토를 개발해 보기도 했다.

　나는 남들이 도전하지 않은 식재료 조합을 만드는 것을 대단히 즐긴다. 이를테면 성게알과 커피도 기막히게 잘 어울리는 조합이다. 성게알에 커피를 얹어 젤리로 만든 요리를 개발했는데 마리아주가 매우 좋았다. 또 다른 조합으로는 푸아그라와 달콤한 맛의 조화가 있는데, 푸아그라는 워낙 단맛과 잘 어울려서 초콜릿이나 단팥과 먹어도 일품이다.

　지금까지 천 가지가 넘는 새 메뉴를 개발했는데 실패한 메뉴도 많이 있지만 머릿속으로 생각했던 그대로의 맛이 나는 경우가 훨씬 많았다. 십 년 동안 스승님 밑에서 안전한 조합들을 수없이 맛보고 익히다 보니 이제는 직감적으로 음식의 궁합을 가늠할 줄 알게 된 것일 수도 있다. 여기에서 소개할 갈치포베이컨말이도 내가 개발한 메뉴다. 언젠가 싱가포르의 한 식당에서 돼지고기와 장어를 함께 요리한 음식을 먹었는데 의외로 궁합이 정말 잘 맞았다. 거기에서 아이디어를 얻어 탄생하게 된 요리다.

나다운 색깔을 위한
강박 관념

갈치포베이컨말이라니! 듣도 보도 못하고 생각해 본 적도 없는   조 Photo
음식이다. 육고기로 가공된 재료와 바닷속 물고기 갈치의 만남
이다.

독창적이다. 니체가 말한 독창성의 정의가 떠오른다. 우리 눈
앞에 존재하지만 이름이 없어 불릴 수 없는 어떤 것을 보는 것이,
즉 세상에 존재하지만 아무도 보지 못해서 명명되지 않은 것을
발견하고 명명하는 것이 바로 독창성인 것이다. 최현석 셰프는
이를 요리의 독창성 안에서 이렇게 재해석했다.

"존재하지도 않았던 것을 창조하는 게 아니라, 기존에 있던 여러
소스들이 머릿속에 뒤섞여 생각지 못한 패턴으로 재생산되는 것."

누군가 "셰익스피어 이후 창조란 없다."라고 했다. 늘 공감하
는 말이다. 아마도 난 사진가라 더 그런 듯싶다. 사진이라는 것의
태생이 원래 존재하는 것을 다른 시각으로 보고 새로운 비주얼
로 재생산해 명명하게 되는 것이니 말이다.

학생들을 가르치러 매주 월요일마다 경상북도 경산까지 왕복
여덟 시간을 칠 년째 다니며 생각하고 또 생각한다. 그들을 어떻
게 하면 더 창조적으로 만들까? 어떻게 하면 생각의 주머니를 더
크게 만들어 줄 수 있을까. 누구의 아류가 되는 게 아닌 본인만

의 '-류'를 만드는 것이 중요하다고 생각한다.

아무도 찍지 않은 사진을 찍어야 한다

김중만 선생 밑에서 독립한 지 얼마 안 되었을 때의 이야기다. 패션 매거진 쪽에서 꽤 오래 일하며 명성이 있던 친한 패션 에디터 선배가 이렇게 말했다. "네 사진을 보면 김중만 선생 사진이 생각나. 지금은 막 독립했으니 그 느낌이 나면 그럭저럭 잘 배운 거지만 앞으로 그러면 안 돼! 넌 조선희잖아." 순간 큰 바윗덩어리가 정수리를 정통으로 꽝 내리친 느낌이었다. 어리석게도 그때까지 한 번도 생각해 보지 않았던 명제. '조선희다운 색깔을 가져야 한다. 똑같아지려고 노력하는 게 아니라 다르려고 노력해야 한다는 것. 지금껏 아무도 찍지 않은 사진을 찍어야 한다는 것.' 아마 나의 성장은 그때부터 시작되었던 것 같다.

그전에는 틀에 박힌 한국식 교육 방법의 희생양으로 뭐든 머릿속에 주입시키고, 그것이 내 것인 양 내뱉고, 다르려 하기보다는 같아 보여야 한다는 강박 관념에 시달려 왔던 것이다. 그러나 그날 이후 나는 반대급부로 또 다른 강박 관념에 시달리게 된 듯하다. 달라야만 한다는 강박 관념. 그래서 강하고 특이한 포트레이트를 얻기 위해 무진장 노력하게 되었다. 어떻게 하면 다르게 찍을 수 있을까, 어떻게 해야 더 강하고 특이하게 찍을 수 있을까? 그래서 한때는 배우들을 망가뜨리는 소위 '미의 파괴자'로 불리기도 했다. 물론 그 고민과 생각 들이 지금의 나를 있게 했지만……. 이 바닥에서 이십여 년을 지나온 지금 그 또한 과정이었음을 깨닫는다.

요즈음 내가 고민하는 것은 보다 미니멀하게, 좀 더 디테일하게 그리고 본질적으로 사물을 바라볼 수 있는가 하는 문제다. 미니멀 또한 다른 사람의 미니멀이 아닌, 조선희다운 미니멀함. 기존의 조선희 사진에서 치기 어린 군더더기를 뺄 것, 젊은 시절 그저 독특함을 위해 했던, 그러니까 나의 본질에서 깊은 내면에서 나온 것이 아닌 모든 것을 가려내 버릴 것.

몇 주 전 노트에 "사진가로 살고 싶다."라고 썼다. 오늘 다시 그 문장을 되뇐다. "사진가로 살고 싶다."

갈치포베이컨말이

1   칼로 갈치살을 길게 뜬다.

2   갈치와 베이컨을 길게 붙여 돌돌 말아 준다.
        흐트러지지 않도록 이쑤시개로 잡아 준다.

3   올리브유를 약간 두른 후 ②를 노릇하게 굽는다.

4   샤프론은 조개 육수에 우려낸 뒤 생크림을 섞어 소스를 만든다.

5   접시에 샤프론 소스를 담은 후, 갈치포베이컨말이를 올리고 딜로 장식한다.

재료

갈치살 50g, 베이컨 30g, 샤프론 1pinch(한 꼬집), 조개 육수 70g(바지락 150g, 물 300g 사용), 생크림 100g, 딜 약간

술 한잔 생각나는
나른한 저녁

사진가의 한잔,
요리사의 한잔

시원한 생맥주.
통째 튀긴 통닭이 생각나는
나른한 저녁.
좋은 이와 한잔 기울이며 함께
시간을 나눈다는 것.

음식을 함께 먹고
추억을 함께 쌓는 것.
그리고 지나간 추억을 함께
이야기하는 것…….

지독하게
술 당기는 날

조 Photo

세상에 존재하는 몇몇 직업을 빼놓고 대부분의 일은 사람을 탄다. 사람과 사람 관계가 제일 중요하다. 아무리 차가운 영혼을 가진 사람일지라도 일을 혼자 할 순 없고 삶도 혼자 영위할 수 없다.

나의 일은 사람을 더욱 많이 탄다. 사진가 중에서도 소위 커머셜 사진가에게 가장 힘든 일임과 동시에 굉장히 행운인 것이 사람을 만나고 시간을 함께하며 그 사람들과 생각을 공유하는 것이다. 단, 혼자만의 창의성으로 세상과 피사체를 바라보는 독특한 눈은 필히 지참하고. 사진가 본인의 톤 앤 매너를 자신의 작업 속에 잘 녹이면서 클라이언트나 같이 일하는 다른 스태프들의 동의 혹은 이해를 암묵적으로든 공식적으로든 구해야 한다. 두 마리 아니 서너 마리의 토끼를 한꺼번에 잡아야만 성공할 수 있는 직업이 사진가다.

그런 직업을 가진 나는, 가끔은 말이다

커머셜 사진을 한다는 건, 전생에 사람에게 지은 죄가 많거나 상처를 많이 줘서 이런 직업을 갖게 된 거라고 생각한다. 그래서 그 모든 사람들을 배려하며 작업해야만 하는 일을 하게 된 것이다. 사진 찍는 것이 좋아 이 일을 선택하고 이십 년이나 살아온 나도 가끔, 아주 가끔은 사람에 치여 셔터를 그만 누르고 싶을 때가 있다. 그럴 때면 지독히 술이 당긴다. 오랜 세월을 함께 나눈 이들과 혹은 오랜 시간을 나누진 않았더라도 말이 통하는 누군가와 나를 조금이라도 이해해 주는 지인, 오늘 처음 만나 함께 일한 스태프라도 술 한잔 기울일 시간을 함께 나눌 수 있는 것이 또 너무 행복해서 난 다시 카메라를 들 용기가 생긴다. 그렇게 또 술이 당긴다.

술 한잔 생각나는 그런 저녁. 안주가 무엇이든 무슨 상관이 있겠는가. 난 음식의 종류보다는 분위기를 따지는 편이다. 좋은 이들과 한잔 기울이는 것에 좋은 음식 좋은 안주를 곁들이는 것 또한 중요하겠지만 '술 한잔'은 곧 나의 소중한 시간을 함께 나누는 것, 같은 시간대에 머물러 있는 것이라 여기는 나로서는 메뉴보다 분위기가 중요하다.

연탄불이나 숯불로 뭔가를 투둑투둑 구울 수 있는 드럼통 같은 원형 테이블에, 컬러풀한 싸구려 플라스틱 의자가 툭툭 놓여 있으면 좋겠다. 그 집에서 주인장의 손길이 물씬 나는 백김치나 열무김치 혹은 멀리 전라도 어디를 가야 맛볼 수 있는 귀하디귀한 멍게젓갈이 딸려 나오거나 아니면 푹 삭힌 파절임이 술맛을 돋우고 술집 이모들끼리 밥 한 끼 먹으며 쭉쭉 찢어 먹는 삭을 대로 삭은 김장 김치를 얻어먹을 수 있는, 그런 시골의 '맛'과 사람 사는 '멋'을 함께한다면 더 좋겠다.

야외 촬영을 끝낸 어느 뜨거운 여름밤, 자욱한 연기와 연탄의 열기를 극구 반대하는 동행들을 설득하지 못한 그런 날에는 정말 한낮의 열기를 모두 얼려 버릴 만큼 시원한 생맥주와 통째로 튀겨진 통닭을 파는, 기름때 묻은 벽을 가진 호프집이면 충분하다.

그런 저녁이면 해 질 녘 기름기 밴 노란 봉투에 통닭 두어 마리를 사 들고 뚜벅뚜벅 걸어오던 아빠의 모습이 떠올라 더욱 그 통닭이 맛나다. 음식을 먹는다는 것은 한편으로는 추억을 먹는 것이다. 어떤 음식들은 객관적으로 맛있지는 않지만 누군가에게는 어릴 적에 먹던 추억의 맛과 비슷해서 맛있다고 느껴져 더욱 별미로 느껴지기도 한다. 특히 나의 경우는 더욱 그러하다. 음식을 함께 먹는 것, 추억을 함께 쌓는 것, 그리고 지나간 추억을 함께 나누는 것. 그것이 내 삶의 별미다.

요리사와 술
그리고 담배

요리를 하는 사람들은 술을 조심하곤 한다. 술이 후각을 마비시키기 때문이다. 술을 마셔 본 사람이라면 취하는 동시에 냄새를 맡기 어려워진다는 것을 경험해 봤을 것이다. 미각이 좋다는 것은 '후각'이 좋은 것과 다름없다. 보통 미각이 발달했다고 하면 '짜다.', '달다.'를 구분하는 정도가 아니라 '오렌지 맛이 난다.', 혹은 장금이처럼 '홍시 맛이 난다.'라고 하게 되는데, 이는 사실 오렌지나 홍시의 향이다. 장금이가 느낀 홍시의 맛은 단맛일 뿐이며, 우리가 재료의 맛이라 생각하는 그 모든 맛들은 거의 그 재료의 '향'인 셈이다. 향을 맡고 구분할 줄 알아야 비로소 맛도 이야기할 수 있다.

후각에 가장 나쁜 영향을 끼치는 것이 담배와 과음(실제로 적당한 알코올은 음식 맛을 극대화시키지만 하드 리쿼나 도수가 센 술을 많이 마시면 음식 맛을 못 느끼게 된다.)이다. 요리의 맛을 느끼는 것은 매우 단계적이면서도 복잡하다. 어떤 요리는 처음 혀에 닿았을 때의 맛과 삼키고 나서의 맛이 다른 경우도 있다. 그런 미묘한 차이를 느끼고 컨트롤 하려면 생생한 후각이 필수이기에, 요리사는 과음과 담배를 멀리해야 할 필요가 있다. 나는 우리 레스토랑 직원들이 술을 먹는 것을 뭐라고 하지는 않지만 밤늦게까지 술을 마시고 아침에 술 냄새를 풍기고 오면 가차 없이 쫓아낸다. 요리사로

최 Chef

서 기본이라고 생각하기 때문이다. 이는 주방장마다 다르겠지만 개인적으로 중요하게 생각하는 부분이다.

최고의 마리아주를 찾아서

술을 즐겨 마시는 편은 아니지만 업무상 샴페인 한잔 정도는 한다. 그럴 때 샴페인과 조합이 좋은 음식을 만나면 맛이 배가된다. 샴페인과 캐비어, 굴의 경우처럼 좋은 조합이 있는가 하면 전혀 어울리지 않는 나쁜 조합도 있다. 한번은 와인 페어링 코스를 맛보는데, 첫 번째로 나온 샴페인을 네 번째 코스 요리인 달걀 요리와 함께 먹었더니 달걀 비린내가 평소의 천 배는 증폭되는 경험을 했다.

이와 반대로 스스로 대견할 정도로 좋은 마리아주(조합)를 끌어낸 적이 있다. 약간 매운 맛이 어울릴 법한 와인에 맞추어 청양고추를 넣어 고르곤졸라 소스를 완성했는데, 고린 향이 나는 치즈 맛과 함께 약간 매콤한 맛이 나는 소스로 예상치 못한 멋진 맛이 만들어졌다. 신기한 것은 눈을 감고 '한식'이라고 생각하고 맛보면 딱 청국장 맛이 나는 것이었다. 요즘도 나는 음식의 마리아주에 욕심을 많이 낸다. 보통 소믈리에로 일하는 사람들은 레스토랑의 메뉴에 맞는 와인이나 주류를 소개하는 역할을 하는데, 가끔 나는 반대로 손님이 가져 온 주류에 음식을 맞춰 본다. 그때마다 '얼마든지 좋은 와인을 갖고 와 봐라. 어디에든 잘 어울리는 요리를 보여 주리라.'라는 자신감이 불끈 솟아오르곤 한다.

어린 시절 희로애락 치킨 요리

나도 사실 술을 좋아하던 시절이 있었다. 술에 막 입문했던 때였다. 고등학교 시절 체력장이 열리면 친구들의 천 미터 달리기를 대신 뛰어 주고 왕십리에 가서 '리빠똥 과일치킨'을 얻어먹었다. 정말 맛있었다. 무엇보다 치킨과 함께 마시는 시원한 맥주! 그때가 내겐 술이 제일 맛있던 시절이었다.

내 어린 시절의 닭튀김 집은 요즘 치킨과는 달리 부위별 조각으로 튀겨 파는 곳이었다. 기억을 더듬어 보자면 별다른 소스 없이 마늘과 양파로 시즈닝을 해 튀긴 듯하다. 처음 닭튀김을 맛보았을 때 '세상에 이런 맛이 다 있구나.' 싶었다. 그때는 통닭이 대단히 인기 있던 시절이었다. 우리 식구들에게도 통닭은 귀한 음식이었는데, 아버지가 한 마리 사 오신다 해도 먹성 좋은 우리 형제가 순식간에 먹어 치우는 바람에 부모님은 맛도 보시기 힘들었다. 한번은 아버지가 통닭을 사 오셔서 '형한텐 말하지 말아라.' 하셨다. 오랜만에 엄마 드리신다면서. 하지만 결국 형에게 들켜 또다시 어머니는 별로 드시지 못했다. 한데 우리 형제가 늘 흔쾌히 닭을 해치웠던 건 아니다. 하루는 학교 앞에서 병아리 열 마리를 사 왔다. 어머니가 잘 키우셔서 그 녀석들은 건강한 열 마리 닭이 되어 마당 한편의 닭장에서 무럭무럭 자랐다. 비극은 그때부터 시작됐다. 그 많던 닭들이 한 마리씩 없어지며 밥상에 오르기 시작한 것이다. 아끼는 닭이 저녁 반찬이 되었을 때 엉엉 울면서도 엄마가 입에 넣어 주는 고기가 어찌나 맛이 있었던지.

술맛에 대하여

조 저는 열심히 일하고 나서 첫 잔으로 마시는 소주가 제일 맛있어요. 저는 촬영이 있는 날은 그 뒤로 일정을 안 잡아요. 작업 마치고 같이 술 마시려고요. 촬영하면서 서운한 게 쌓이거나 오해 같은 게 있으면 뒤풀이하면서 털어 버리는 거예요. 그런데 요즘 어린 친구들은 종종 같이 술을 안 마시려고 하더라고요. 좀 아쉽죠.

최 저는 술을 자주 마시지는 않지만 업무상 샴페인 한잔 정도는 하곤 해요. 그럴 때 음식이 괜찮고 조합이 좋으면 샴페인 목 넘김이 아주 좋죠. 스파클링 샴페인은 캐비어나 굴과 잘 어울려요. 확실히 마리아주라는 게 있어요.

민트소스의 치킨스테이크

1   뼈를 제거한 닭살에 소금, 후추로 간을 한다.
        마늘 슬라이스와 셀러리 채, 화이트와인에 미리 닭을 재워 두면 잡내가
        제거되고 풍미도 좋아진다.

2   팬에 올리브유를 두르고 달군 뒤에 밀가루를 입힌 닭살의 양면을 노릇하게
        바싹 구워 낸다.
        어느 정도 색깔이 나면 속까지 다 익도록 뚜껑을 덮어 완전히 익힌다.

3   닭을 구워 낸 팬에 화이트와인을 붓고 졸이다가 다진 민트와 버터를 넣고
        젓는다.
        화이트와인을 완전히 날려 주어야 신맛이 나지 않는다. 소스와 버터가 분리될
        수 있으므로 버터를 넣은 후에는 센 불에 끓이지 않는다.

4   접시에 닭을 먼저 담고 위에 소스를 부어 준다.

재료

생닭살 1/2마리, 화이트와인 150ml, 민트잎 20g, 버터 1TS,
소금·후추·올리브유 약간

밥, 오랜 친구,
나의 천직처럼

질리지 않는 것에
대하여

아무리 보아도 질리지 않는 것들이 있다.
아무리 먹어도 질리지 않는 음식도 있다.
밥처럼, 오랜 친구처럼, 나의 천직처럼
영원한 것은 무엇일까.

질리는 사람,
단단해진 나

최Chef   질리는 건 사람이지, 요리가 아니다. 요리사가 되어 맛 좋은 요리
를 손님에게 대접하는 것은 언제나 행복으로 다가온다. 하지만
많은 사람이 함께 일하는 주방에서, 즉 필드에서 만나는 사람들
과 부딪힐 때는 가끔 무척 지치고 때로는 질려 버린다. 사람 때
문에 요리를 그만두고 싶었던 적이 있었다. 특히 도저히 벗어날
수 없는 업무 관계에 있다거나 생각이 너무 다른 사람들과 함께
한다는 것은 정말 쉽지 않은 일이다. 한번은 돈 욕심으로 똘똘
뭉친 오너와 일한 적이 있다. 요리의 질과 서비스보다는 돈에 집
착했던 그에게 '제대로' 질렸다. 당시 직원들의 밥값으로 산정된
점심 식재료비는 인당 2500원으로 가뜩이나 부족했는데 오너는
그마저 절반으로 줄이자며, 배고픔을 알아야 직원들이 성공할
수 있다고 역설했다. 이런 말도 안 되는 상황을 만나면서 나는 그
에게 완전히 질려 버렸다. 그러나 그런 사람들 덕분에 나 자신이

단단해지기는 했으니 무조건 부정적인 결과는 아닌 셈이다.

　질리지 않는 것이 있다면 젊은 시절부터 꾸준히 해 온 취미들을 꼽겠다. 몸과 몸으로 치고받는 스포츠, 그중에서도 킥복싱을 가장 좋아하는데 신중히 올려 찬 킥이 정확히 맞아 들어갈 때의 그 쾌감은 이루 말할 수 없다. 반대로 상대의 킥에 내가 넘어지더라도 일어나서 다시 덤비고 싶은 크나큰 희열이 몰려온다. 맞는 쾌감을 즐긴다니 요리사가 되지 않았더라면 난 분명 격투기 선수가 되었을 것이다.

새로운 발상의 행복

　나는 새로운 요리를 만드는 걸 즐기기 때문에 요리에는 결코 질린 적이 없다. 새로운 요리를 만들 때 나는 전혀 두렵지 않다. 전형적인 요리를 배우지 않아서일까 무식이 용감해서일까 새로운 요리에 있어 과감성은 누구에게도 뒤지지 않는다. 일단 만들고 싶은 대로 만들고, 맘에 들지 않거나 맛이 없으면 손님에게 내지 않으면 되니까. 그러나 내가 시도하려던 요리나 기술을 누군가 먼저 선보였다면 그 요리를 손님들에게 내놓고 싶은 마음이 휙 사라진다. 한 여성이 예쁜 새 옷을 샀는데 길을 가다 누군가 같은 옷을 입은 걸 봤을 때와 같은 심정일 것이다. 그럼에도 요리 자체는 내게는 영원히 질리지 않고 마르지 않는 샘과 같다. 초년생이었을 때에도 나는 늘 새롭게 요리하고 싶은 마음에, 주방장님이 말한 대로 플레이팅을 하지 않았다가 종종 야단을 맞기도 했다.

　나는 워낙 올빼미형 인간이라 새로운 발상이 주로 새벽 시간에 떠오른다. 요즘은 바빠진 일상으로 집에 들어오는 시간이 늦어 가족들과 함께하는 시간도, 나 홀로 있는 시간도 거의 사라지다시피 했다. 어쩌다 가족들이 먼저 잠자리에 들고 내게 허락되는 자투리 시간이 있으면 오아시스를 얻은 것처럼 기쁘다. 그때야말로 내가 평생 질리지 않고 요리할 수 있도록 영감을 얻는 시간이기에.

새로운 요리에 사람의 취향을 더하다

　「냉장고를 부탁해」에서 나는 자주 패한다. 특히 홍석천 씨와의 대결에서는 늘 고배를 맛본다. 석천이 형은 타고난 사업가여서인지 게스트의 취향과 입맛에 맞춰 요리할 줄 안다. 반면 나는 요리사라는 자존심에 퀄리티와 요리 기술 등을 게스트에게 강요한다. 그렇게 몇 번의 패배를 겪으며 좋은 요리의 요건이 무조건 비싼 식재료나 요리 기술 등이 다가 아님을 깨달았다. 음식의 내공도 중요하지만, 마음을 움직이는 요리란 내 스타일을 고집하는 것이 아니라 개개인의 취향이며 감성적인 부분을 존중해야 한다는 것이다.

　그러나 취향과 내공에 대해서는 하고 싶은 말이 많다. 예를 들어 '콩소메'는 고깃국을 맑게 끓이되 깊은 맛이 우러나오게 하는 음식인데, 자신의 취향에 맞지 않다고 해서 '왜 이리 밍밍하냐.',

'요리 못한다.' 힐난하는 사람, 혹은 재료 탓에 짠맛이 강할 수밖에 없는 앤초비 파스타를 맛보고 '너무 짜다.'며 불만을 표하는 사람처럼 오류를 범하지 않으려면 취향과 내공을 헷갈리지 않아야 한다. 그러기 위해서는 다양한 음식을 맛보고 '맛의 경험'을 많이 쌓아야 한다. 하다못해 된장찌개도 집마다 그 맛이 다르지 않은가. 그런데 홍합 넣은 된장찌개 먹어 보았다고 '어디서 먹은 거랑 다르다.'고 하면 답답할 노릇이다. 삼시 세끼 먹는 밥도 지겨울 때가 있다. 내가 먹었던 것과 비교하지 말고 새로운 시각으로 열린 마음으로 다른 세계의 밥을 만들어 먹어 보자. 그래서 이 장에서는 우리가 늘 먹는 '쌀'로 만든 이탈리아 요리를 선보이려 한다.

질리도록 먹었던
홍합의 추억

조 Photo

난 무엇이든 내가 좋아하는 일은 질릴 때까지 하는 스타일이다. 사진은 말할 것도 없고. 사람을 좋아하고 사랑하는 일도, 새롭게 좋아하게 된 음식도, 좋아하는 물건을 수집하는 일도 예외는 없다. 스튜디오 속 내 작은 방에 와 본 사람들이나 내 집 서재에 와 본 이들은 알겠지만 어떤 이야기나 추억이 담긴 것이라면 허접하고 사소한 무엇이라도 잘 못 버리는 편이다. 이는 추억을 모으는 수집광임을 의미하는 동시에 질려 하지 않음을 의미하기도 한다. 싫증을 잘 내는 사람들은 오래 간직하지 않으니까. 오랜 시간을 함께한 사람들, 게다가 해외 출장을 같이 다녀온 이들은 특히 음식을 질릴 때까지 먹는 내 습관에 이미 이력이 났는데, 그 첫 번째가 홍합이다. 어릴 적에 홍합은 흔하디흔한 어패류였다. 그런데도 왜 그랬는지 친구들이랑 재래시장에 버려진 홍합을 주우러 갔던 기억도 있다. 대학에 들어가서 처음 포장마차에 갔었는데, 홍합탕을 떡하니 공짜로 내놓는 게 신기했다. 그것이 흔한 것이든 아니든 난 홍합 마니아였으니 포장마차의 그 공짜 말간 홍합탕을 몇 냄비나 먹었더랬다. 홍합에 대한 애정이 절정으로 치달았던 순간은 시칠리아로 촬영을 갔을 때였다. 그 당시 스파게티를 자주는 못 먹었어도 무척 좋아했으니, 식도락으로도 시칠리

아는 내게 끝내주는 촬영지였다. 대학 시절 영화 「시네마천국」을 보며 언젠가는 그곳에 꼭 한 번 가 보리라 마음먹었던, 꼬마 토토가 어른거리는 꿈의 섬에서 난 최고의 홍합스파게티를 만났더랬다. 시칠리아의 토실토실하기 그지없는 홍합과 스파게티의 궁합은 머무는 내내 모든 끼니를 홍합스파게티로 때우게 했다. 며칠쯤 지나자 함께한 배우들과 스태프들이 '머슬'이라는 소리만 나와도 질린다고 아우성쳤지만 난 아랑곳하지 않았다. 한술 더 떠 벨기에식 홍합 요리까지 추가했다. (배우 병헌 오빠는 그 후 홍합은 쳐다보지도 않는다고 너스레를 떨 정도니 나도 참 너무하긴 했다. 내가 먹는 걸 보고 다른 사람들이 다 질려 버린 거다.) 난 질리지 않았다. 질린 건 그 후라고 해야 맞겠다. 이탈리아에서 돌아온 후 잊히지 않는 그 맛을 찾아 이탈리아식당을 찾았지만 홍합스파게티는 찾기 힘들뿐더러 있더라도 시칠리아의 맛을 발뒤꿈치도 못 따라갔다. 그렇게 난 최고의 맛인 홍합스파게티를 열하루 동안 한 번도 빼먹지 않고 즐겼고 정확히 기억하고서야 놓아 주었던 것이다.

변치 않는 한 가지

이 세상에 질리지 않은 것이 있을까. 한때는 사진, 나의 모든 것이라 여긴 사진 찍는 일에 질려 버릴지도 모른다고 상상해 본 일도 없었고, 만약 그럴지도 모른다는 생각이 들 즈음에는 그런 일은 절대 없다고 스스로 최면을 걸었었다. 내가 그토록 원하고 갈구했던 '사진'! 입에 풀칠만 할 수 있다면 아무리 가난해도 결

단코 놓지 않으리라 마음먹으며 절대적 사랑의 대상이 되어 버
린 '사진'이라는 존재.

　죽을 때까지 이 일을 놓지 않고 질리지 않고 사진 찍으며 살겠
다고, 그러면 얼마나 멋질까 상상해 보곤 했다. 사랑이 영원할 거
라 믿는 사랑 초년병처럼 불과 몇 년 전까지 그렇게 상상하며 사
진을 찍고 또 찍었다. 요즈음 문득 사진 찍는 일에 질리지 않고
죽을 때까지 할 수 있을까 하는 의문이 든다. 누군가(김화영)는 영
원한 것은 오직 돌과 청동, 푸른 하늘뿐이라고 말하였으나 난 이
또한 동의하지 않는다. 세상 모든 것은 변한다. 돌과 청동과 하늘
도 변하고 영원한 것은 없다. 단지 변하지 않는다고 믿고 싶을 뿐
이다. 내 사진 사랑이 변하지 않는다고 믿고 싶을 뿐이다. 그렇다,
사진에 질리지 않을 것이다. 질린다면 그것은 가끔 사람에게 질
리는 것일 뿐. 아주 간혹 사람과의 인연을 끊어 내듯 사진도 끊어
내 버리고 싶을 때가 있다. 하지만 마음이 접어지고 끊어지지 않
듯 사진도 내겐 그렇게 되지 않는다. 사진은 나 자체이며 그것에
간혹 질리는 것은 나 자신에게 질려 버리는 것을 의미한다. 나 자
신에게 질렸다 한들 스스로를 버릴 수 없어 다시 다독이고 고치
고 배우고 내려놓듯이, 사진이라는 대상에게 또한 그러하다.

먹물리소토

1   팬에 올리브유를 두르고 생쌀을 올려 계속 볶는다.

          물이나 닭 육수를 부어 가면서 약한 불에 쌀이 익을 때까지 볶는다.

          쌀의 식감이 살아 있을 정도로만 볶는다.

2   끓는 물에 바지락을 삶아 조개 육수를 낸다.

3   볶은 쌀알에 조개 육수를 부어 볶는다.

          조개 육수를 너무 많이 넣으면 짤 수 있으므로 유의한다.

4   오징어 먹물을 붓고 조금 더 볶는다.

          생오징어, 갑오징어 먹물을 사용한다.

          혹은 따로 추출해 파는 먹물을 이용해도 좋다.

5   숟가락으로 쌀알을 떴을 때 주르륵 흐를 정도가 되면 그만 볶고

          그릇에 담는다.

6   삶은 오징어를 링 모양으로 잘라 리소토 위에 얹는다.

          파슬리를 함께 올려 장식해도 좋다.

재료

오징어 먹물 1.5ts, 오징어 1/3 마리, 올리브유 약간,

조개 육수(바지락 150g, 물 300g), 리소토 쌀 160g

날것의 매력

취향의 변화

말리거나 익히거나
가공하지 않은 먹을거리, 날것.
날것의 첫 느낌은 좋든 싫든 강렬하다.
생경했던 그 맛이 극복을 넘어 좋아지기까지도 하니
입맛이라는 것도 세월 따라 변하나 보다.

날것에 대한
첫 기억

조 Photo

난 날것의 사람이다. 날것의 사람이라니, 이상한 말이다.

"말리거나 익히거나 가공하지 아니한 먹을거리. [비슷한 말] 날짜, 생짜."

어학사전을 찾아보니 이렇게 나온다. 백 퍼센트 동의하지 않게 되는 풀이다. 나는 날것이란 '생긴 그대로 다듬어지지 않은 무엇'으로 생각했었다. 지금은 '가공되지 않은 자연적인 본성을 간직한'이라고 풀이하고 싶다. 난 나를 포장하거나 세련되게 표현하는 방법을 알기는커녕 늘 생각하고 느낀 것을 직설적으로 뿜곤 했다. 압구정 바닥에서 나를 일로 처음 만난 사람들에게 나는 참으로 강렬하고 낯설었을 것이다. 그래서 어떤 이는 나를 '생경하고 투박한'으로 규정했고 어떤 이는 나에 대해 '학교는 다녀 봤나?' 하고 생각했단다.

날것은 강렬하다. 맛 자체가 강렬하다기보다는 자주 경험해 보지 못한 맛 혹은 이미지여서 그렇다. 그래서 더욱 오래도록 깊이 파고든다.

날것의 참맛을 알기까지

날것에 대한 나의 첫 기억은 멍게다. 할아버지와 어딘가 가는 길이었는데, 리어카에서 파는 멍게에 소주 한잔하시던 할배의 권유로 멍게를 한 점 먹다 토해 버렸다. 대구 분지의 촌뜨기 아이가 느낀 바다 내음의 역함을 무엇에 비유할 수 있을까. 아니 생각해 보면 바다 내음의 생경함을 역함으로 받아들인 것 같다. 갈치, 고등어 외에 다른 바다 음식과의 직면이었다. 내게 직면이라는 말은 '자 봐라, 있는 그대로 봐라.'는 의미로 다가온다. 멍게의 맛이 그랬다. '자, 난 멍게다. 난 이런 냄새를 가지고 있고 이런 맛이지.'라고 덤비는. 그때 그 나이의 내게는 쉽지 않은 직면이었고 난 토하는 것으로 반응한 것이다. 그리고 멍게의 그 냄새를 '바다 향기를 품은'으로 받아들이고 표현하는 데에는 오랜 시간이 걸렸다.

입맛이라는 것도 변한다. 이제 멍게는 물론이고 바다의 날것이라는 날것은 다 좋아하는 입맛을 지니게 되었다. 또 다른 놀라운 변화는 평양냉면을 좋아하게 된 것이다. 평양냉면을 처음 대면한 것은 아마도 1999년 즈음이었을 터다. 스튜디오를 오픈하고 어떤 어르신이 점심을 사 주러 오셨는데, 내 스튜디오 부근에 아주 유명한 집이 있다며 데려가셨다. 그런데 태어나 먹어 본 음식 중에 가장 맛이 없었다. 맛이 없는, 정말 아무런 맛이 없는 느낌이었다. 이런 걸 왜 먹지? 값을 다른 냉면보다 두 배에 가깝게 치르고, 아무 맛도 없는 이걸 왜 먹느냐는 질문에 어르신은 세 번은 먹어 봐야 그 맛을 안다고 호탕하게 웃으셨다. 그리고 난 세 번을 먹었다. 그러고 나서 깨달은 건 아무 맛도 없는 것은 아니라는 점이었지만, 여전히 사람들이 그걸 왜 먹는지 이해가 되지 않았고, 또 먹고 싶은 음식은 아니었다. 십여 년이 훌쩍 지난 근래에 와서야 갑자기 그 맛이 생각났다. 그리고 먹고 싶어졌다. 뚝뚝 끊어지는 본질 그대로의 메밀 맛 그리고 다른 조미료나 양념이 섞이지 않은 담백한 육수, 그것이 맛보고 싶어진 것이다. 다시 십여 년 전 그 집을 찾아갔다. 인테리어며 구조, 메뉴판까지 그 어느 것도 변하지 않았다. 한쪽 구석에 앉아 계시던 할머니는 보이지 않았고 홀 서빙 하는 사람들이 연변 아주머니로 바뀐 것 외엔 진짜 그대로였다. 평양냉면 맛처럼…….

최현석 셰프의 다섯 가지 알을 올린 파스타는 내게 참으로 귀한 음식이다. 면이란 면은 다 좋아하지만, 너무 좋아하는 파스타에 내가 좋아하는 날것 중 맨앞자리를 차지하는 성게알과 명란 등이 올려져 있다니. 기존에 있던 레시피가 아니니 어디 가서 사 먹을 수도 없는 노릇이다. 스시를 먹을 때에도 우니(성게알)는 내 혀의 단골손님인데 우니가 올라간 파스타라. 내 혀가 호강한 날이었다. 다음번에 최 셰프를 만나면 한번 제대로 배워 보고 싶다는 생각이 든다.

나의 날것
극복기

나는 날것을 썩 좋아하지 않는다. 살아 있는 듯한 육축이나 생선   최 Chef
의 그 물컹한 살점의 식감이 끔찍하게 느껴졌다. 태생적으로 날
음식을 잘 못 먹는 탓에, 스테이크를 먹을 기회가 생겨도 늘 바
짝 구운 웰던으로 주문하곤 했다. 제법 날것에 익숙해진 지금도
레어로 익힌 스테이크는 그리 내 취향은 아닌 듯하다.

　본격적으로 요리에 입문하면서 나는 날것에 손을 대기 시작했
다. 레스토랑의 말단 요리사에게 제일 먼저 맡기는 요리는 주로
찬 음식들이다. 내가 맡은 콜드 파트 요리 중에 '카르파치오'라는
쇠고기 요리가 있었다. 생쇠고기를 얇게 저며 레몬드레싱과 치즈
등을 얹는 요리였다. 미각과 후각이 예민한 탓에 생고기가 재료
인 카르파치오는 물컹거리는 날것의 식감과 신 레몬향으로 나의
뇌리에 콕 박혀 버렸다. 게다가 스승님은 왜 그리도 회를 좋아하
셨던 걸까. 회식이 잡히면 늘 근처 횟집으로 우리를 인도했다. 회
가 싫어 뜨거운 옥수수 철판에 생선살을 구워 먹다 몇 번이나 혼
났는지 모른다. 그러나 직업 탓에 세계 곳곳의 음식을 맛보기 시
작하면서, 어느덧 나도 사람들이 날것을 좋아하는 이유를 조금
씩 알게 되었다.

　입맛이 변하는 것처럼 요리 취향도 종종 바뀌곤 한다. 재료 본

연의 맛을 내는 날것을 처음엔 좋아하지 않았지만 서서히 그 매력을 알아 가게 되었듯이, 나는 기술과 퍼포먼스가 남다른 요리를 선호하다가 이제는 맛의 깊이와 디테일이 보이는 요리를 더 좋아하게 되었다. 제아무리 미슐랭 3스타를 자랑하는 레스토랑일지라도 입안에서 감동을 주지 못한다면 의미가 없다. 최고의 사운드와 완성도를 자랑하는 최신 아이돌 노래가 통기타 하나로만 부른 이문세 노래보다 깊이가 덜 느껴지는 것과 마찬가지가 아닐까.

가난의 가치

패션에 관심을 가지게 된 지 얼마 되지 않았다면 믿을 수 있을까. 이십 대 초반에 결혼 생활을 시작하면서 가난에 쫓기느라 옷이며 신발이며 꾸미는 것에 신경 쓸 겨를조차 없었다. 그저 딸들이 방바닥이 아닌 식탁에서 밥을 먹고 각자 방을 가질 수 있도록 열심히 일할 뿐이었으니 말이다. 어릴 때도 풍족하지 못했고, 어렵게 신혼을 시작했으니 레스토랑에서 일하던 초창기에 선배들은 "넌 뭘 해도 빈티가 난다."라고 농담을 할 정도였다.

몇 년 전부터 이태원과 강남 등지에서 일하기 시작하면서 나에게도 조금씩 취향이라는 게 생겨났다. 레스토랑에서 요리를 하다 보면 트렌드에 민감해야 하고, 시각적으로 보여지는 모든 것에 관심을 갖게 되는데 내게는 그중에 패션도 포함된다. 그러나 나의 삶은 본질적으로 사치와는 거리가 멀다. 지금도 레스토랑에서 직원 식사를 담당하는 이모님이 듬뿍 담아 주시는 윤기가 자르르

흐르는 차진 밥이면 만족한다. 예전에는 부잣집 애들만 먹는 줄
알았던 볶은새우 반찬과 함께. 물질적으로 힘겨웠던 지난 시간을
회상하면 '지금껏 잘 버텼구나.' 하고 스스로를 대견스럽게 느끼
곤 한다.

다섯 가지 알을 올린 파스타

1   끓는 물에 파스타면을 삶는다.
2   면이 익으면 건져 내어 올리브유, 소금, 후추와 섞는다.
        이때 쯔유 간장을 곁들이면 감칠맛이 더해진다.
3   면을 손가락에 감아 원통 모양으로 그릇에 얹는다. 이때 면을 잘 분배해
        다섯 덩이로 나눈다.
4   면 덩이 가운데에 난 홈에 생선알을 종류별로 얹는다.
        알은 입맛과 색상을 고려해 다양한 변용이 가능하다.
        (사진_위에서부터 무채 위에 얹은 말린 숭어알/쑥갓 위에 얹은 명란크림/
        금가루를 얹은 캐비어/딜을 얹은 연어알/성게알)

재료

까펠리니 면 30g, 생선 알(말린 숭어알 10g, 명란크림 5g, 캐비어 3g, 연어알 5g,
성게알 1조각), 소금·후추·올리브유 약간

아주 특별한 날
대접하고 싶은

꼭 기억하고 싶은 날

우리는 누군가를 위해 음식을 만들거나
대접하는 데에는 익숙하지만
자기 자신만을 위해 제대로 음식을 준비하는
데는 게을러지거나 관대하지 않다.
하지만 나를 사랑하고 더 특별히 대하는 일은
분명 스스로를 위해 필요하다.

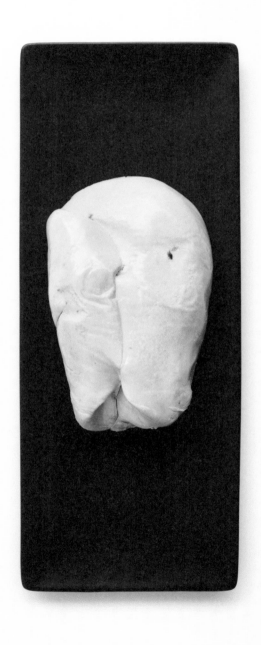

도전 정신,
개척 정신

최 Chef

거위 간 푸아그라는 한 덩이(500g)에 19만 원 이상을 호가하는 비싼 식재료다. 푸아그라의 본고장 유럽에서는 푸아그라를 스프레드로 만들어 빵에 발라 먹기도 하고, 달콤한 과일에 곁들여 먹기도 한다. 단맛이 강한 소테른 와인과 먹어도 제격이다. 나에게 푸아그라는 무한대로 변형이 가능하다는 장점을 지닌 멋진 재료다.

요리를 정식으로 배우지 못했던 나는 호기심 반, 치기 반으로 푸아그라 요리를 제멋대로 실험하곤 했다. '푸아그라+과일 단맛'이라는 공식을 몰랐던 나는 그 비싼 푸아그라를 얼리고, 갈고, 온갖 방법으로 가공했다. 액화질소로 얼린 고추장아이스크림을 푸아그라에 곁들인 요리까지 만들었으니 해볼 것은 다 해본 셈이다. 그렇게 개발한 푸아그라 레시피만 백여 개다. 내 손에 수난을 당한 식재료는 푸아그라에 그치지 않는다. 귀한 캐비어로 말린 어란을 만들어 보기도 했고, 수백만 원을 호가하는 샴페인으로 일개 '소스'를 만든 적도 있다. 그에 대해 한 미식가는 '최현석이기에 가능한 요리'라며 요리를 위해 과감하게 재료의 사치를 부리는 것을 높이 샀다. 지금 생각하면 지탄받을 '천벌 요리'를 만든 셈인데 말이다. 그러나 내가 요리를 정석대로 배웠더라면, 무지 아래서 탄생한 새로운 요리들이 빛을 보지 못했을지도 모르겠다. 배움은 탄탄한 기본기와 안정적인 맛을 보장해 준다. 그러나 한편으로는 배움으로 인한 선입견을 경계해야 한다. 요리를 시작하면서부터 공식을 암기하듯 재료의 궁합을 맞췄더라면 어떻게 고추장과 푸아그라의 조합을 찾아낼 수 있겠는가? 교육은 요리에서든 그 어느 분야에서든 큰 틀만 제시해 주고, 나머지 빈 칸은 학습자의 모험과 도전이 채워야 한다고 생각한다.

생일 선물의 추억

어린 시절, 우리 형제에게 생일은 그저 잘못을 해도 혼나지 않는 날이었다. 형과 나는 장난이 심해 어머니께 자주 혼나곤 했는데 생일만큼은 혼내지 않으셨다. 생일이라고 특별한 선물은 없었고 특선 메뉴가 밥상에 추가될 뿐이었다. 며칠 전부터 어머니가 뭐 먹고 싶은 거 없느냐고 물어보시면 냉큼 "통닭!" 하고 대답했다. 그러면 며칠 후 내 생일상에는 통닭과 소복한 밥 한 그릇이 올라왔다.

요즘처럼 바쁜 시기에는 가족 기념일을 챙기지 못할 때도 있다. 한번은 이탈리아의 한 레스토랑에서 촬영 중이었는데 그 레스토랑 주방의 기둥에 다른 곳에서 온 셰프들이 방문하면 사인을 남기는 공간이 있었다. 나도 사인을 하고 날짜를 적는데 7월 15일이 익숙해 생각해 보니 딸의 생일이었다. 뒤늦게 딸에게 전화를 걸며 마음이 아파 울컥했던 기억이 난다.

지금껏 받은 생일 선물 중에 가장 기억에 남는 것은 친구가 첫 월급을 받아 사 준 야구 글러브다. 비록 내 돈을 조금 보태야 살 수 있었지만 처음으로 글러브에 내 이름까지 새기게 되었으니 어찌 기쁘지 않을까. 아내가 생일 선물로 준 야구화도 기억이 난다. 당시 형편이 넉넉하지 않아 회사 조기축구회에서 지급한 축구화에 야구 전용 아대를 장착해 야구화처럼 신고 다니며 늘 야구화 신는 동료를 부러워했었다. 내가 쉬는 날 하루 온종일 야구만 하고 해 떨어질 때 귀가하곤 하는 데에 지쳤음에도, 아내는 내가 제일 가지고 싶어 했던 게 야구화라는 것을 알고 있었기에 두말없이 사 주었다. 아이같이 좋아하는 나를 보고, 남편이 좋아해서 사 주긴 했지만 야구 하러 나가는 것은 또 밉기에 분을 삭이느라 심호흡하던 아내의 얼굴이 기억난다. 최근에 받은 생일 선물은 게임 일러스트레이터인 팬으로부터 받은 팬아트다. 그녀는 한동안 원인 모를 병으로 병상에 있었는데, 내가 나오는 텔레비전 프로그램을 재미있게 보면서 아픈 것도 잠시 잊었다고 한다. 그러면서 점차 호전되어, 이제는 정상적인 생활로 돌아왔다고 내게 감사의 인사를 전했다. 그녀가 보내 준 팬아트를 보노라면 내가 방송에서 보여 주는 우스운 모습도 누군가에게 행복이나 웃음을 주는 약이 되는구나 싶어 보람을 느낀다.

아주 특별했던
보르도 와인 샤또의 푸아그라

푸아그라는 누군가에게 대접하고 싶다기보다 내가 먹고 싶은 요리다. 십여 년 전에 배우 황신혜 씨가 보르도의 와인 샤또에 초대받아 간 일이 있는데 나도 동행했다. 아마 그 샤또에서 경험한 일들은 아주 오래도록 잊히지 않겠지만 특히 기억에 남는 것은 샤또에서의 첫날 아침을 먹던 한 장면이다.

프랑스 영화에서나 보던 길고 큰 식탁에 화려한 테이블 장식과 식기들, 무엇보다 크기와 모양이 다른 일곱 개의 와인글라스가 눈에 들어왔다. 그러고는 오랜 연륜을 지닌 집사 같은 느낌의 턱시도를 차려입은 멋진 프랑스 할아버지 두 명이 와인을 따라 주기 시작했다. '아침부터 와인이라니.' 좀 어이없는 놀라움은 잠시, 식전 와인부터 시작된 와인 퍼레이드는 그 일곱 가지 잔을 모두 사용할 때까지 일곱 가지 와인과 프랑스 요리들이 나오며 계속 이어졌다. 그 요리들 중 어느 것도 먹어 본 적이 없는, 이름조차 귀에도 머리에도 꽂히지 않는 알 수 없는 요리들이었지만 그중 아직도 맛을 기억하는 뇌의 저장고에도 아주 잘 간직되어 있는 것이 '푸아그라' 요리다. 그 요리에 대한 온갖 부정적인 이야기를 한 방에 날려 버렸달까? 손가락 세 마디 정도 길이에 직육면체 모양의 순 푸아그라였다. 그 이후로는 빵에 발라 나오는 정도 말고는 제대로 된 푸아그라를 먹어 본 적이 없는 듯하다.

나를 특별히 대접하고 싶을 때

누군가를 위해 음식을 준비하거나 대접하는 것에는 익숙하나 자기 자신을 위해 제대로 음식을 준비하는 것에 게으르거나 관대하지 않다. 그런 문화에 익숙해 왔고 더더욱 요즘에는 음식을 많이 먹는 것에 대해 죄의식을 가질 때도 있으니 나를 위해 특별히 음식을 준비하기란 쉽지 않다. 그러나 말이다. 나를 위한 음식을 준비한다는 것은 나를 사랑하기, 나를 더 특별히 대하기, 나르시시즘까지는 아니더라도 우리들에게, 내게 필요한 시간이다.

내가 나를 특별히 대하는 방법은 마사지와 맛난 음식 먹기다. 워낙 몸을 써야 하는 직업이어서이기도 하지만, 마사지 가격이 비싸더라도 뭔가 특별한 대우를 받는 느낌이 좋고, 그 릴렉스하는 사색의 시간이 좋고, 온몸의 오감을 일깨우는 그 순간이 좋다. 맛난 음식도 오감을 일깨우는 측면에서 같다. 눈으로 보는 아름답거나 투박한 정감 넘치는 음식의 비주얼과 혀에 닿는 그 첫 맛과 씹을 때의 질감 그리고 내 뇌가 느끼는 즐거움, 그러면서 느껴지는 삶의 행복이란 이런 거라는 만족감. 그것이 나를 특별하게 대하는 시간이다.

이십 대 초반, 난 오래 살고 싶지 않았다. 삶에 대한 애틋한 애착 따위가 없었다. 아니, 그것은 인생을 즐길 줄 모르는 무식함 때문이었던 것 같다. 음식을 즐긴다기보다는 배꼽시계에 따르기 급급했으니 식도락과는 거리가 멀어도 한참 멀었다. 이십여 년이 지난 요즈음 오래 살고 싶다는 생각이 든다. 생에 대한 본능이라기보다는 이제 산다는 게 무엇인지 조금 알게 되었달까? 삶에 대한 시각이 넓어지면서 취향이 생기게 된 거다. 좀 더 많이 경험하고 느끼고 싶다. 그러기에 남은 시간들이 아깝다. 배우고 싶은 것도, 여행 가고 싶은 곳도, 읽고 싶은 책도, 맛보고 싶은 음식도 많아 하루하루가 소중한 요즈음이다. 그래서인지 가끔 나를 위해 특별한 음식을 선물하고 싶어진다. 보르도 샤또에서 먹었던 푸아그라의 맛을 다시 한번 진하게 느껴 보고 싶어진다.

카메라와 앞치마의 토크

특별한 날에 대하여

최 저는 결혼기념일은 잊지 않고 지내려고 하는데요. 요즘은 바빠서 제 생일 챙기기도 힘들 때가 있어요.

조 저는 챙겨 본 적이 별로 없는 거 같아요. 결혼 십 주년 때도 일했으니…… 그래서 생각해 봤어요. 난 왜 선물이나 기념일을 안 챙기기 시작했을까. 그것도 늘 그래 왔던 버릇 같아요. 워낙 친구 생일 같은 것, 내 생일 잔치 그런 걸 안 했으니까. 게다가 오 남매에 할머니 할아버지랑 살아서 서로 뭘 챙기고 먹고 하는 분위기가 아니었어요. 그러다 보니 내가 뭘 한다고 해서 사람들이 좋아해 줄까 하는 두려움도 있었어요. 게다가 케이크도 싫어해요.

최 저도 케이크는 별로였어요. 부자들의 식품 같아서인가. 그래도 어머니가 생일 며칠 전부터 뭐 먹고 싶은 거 있냐고 계속 물어보셨어요. 생일날이면 엄마가 통닭이랑 밥 많이 주시고, 안 혼내시고요. 생일은 혼이 안 나는 날이었어요. 하지만 남의 생일 챙기지 못하면, 특히 가족 생일을 챙기지 못했을 때 울컥해요. 해외 행사가 있어서 사인을 해 주는데 7월 15일, 딸 생일이었죠. 울컥하더라고요. 그리고 결혼 십일 주년이던가. 밥 먹으러 늦게 나갔는데 그날이었던 거죠. 와이프가 "근데 오늘 무슨 날인지 아세요?" 하는데, 순간 발끝에서 충격이 찌릿하게 올라오더라고요.

초콜릿을 올린 푸아그라 요리

1   팬에 올리브유를 약간 두른다.

2   슬라이스된 푸아그라에 소금, 후추를 약간 뿌리고 팬에 구워 준다.
     푸아그라의 양쪽 면을 갈색이 돌 정도로 구워 준다. 너무 오래 구우면 식감이
     딱딱해지므로 주의한다. 적당히 익은 푸아그라는 속이 푸딩처럼 연하다.

3   바나나는 직사각형 모양으로 썰어 소금으로 간을 한 후 버터를 두른 팬에
     올린다.

4   익은 푸아그라 위에 초콜릿을 얹는다.

5   레시틴을 넣은 유자즙으로 거품을 낸다.

7   구운 바나나 위에 처빌을 올리고 구운 바나나, 초콜릿 푸아그라, 유자즙
     거품 순으로 접시에 담아 낸다.

재료

두께 2cm로 슬라이스한 푸아그라 50g, 바나나 1개, 유자즙 50g, 레시틴 약간,
푸아그라 너비의 초콜릿, 소금·후추·올리브유 약간

속이 갑갑할 때
먹고 싶은

스트레스를
쓸어내리는 맛

담백하고 소박한 음식을
먹어야 한다는 것을 알면서도,
스트레스가 가득 쌓이면
달고 짠 음식이 당긴다.

세상의 독한 맛에 길들여진
내 감각을 살려 내고 싶을 때
가장 단순한 맛,
군더더기 없이 순진무구한 맛을 지닌
간소한 음식은 무엇일까.

스트레스를
털어 버리고 싶은 요즘

최 Chef 요즘은 너무 바빠 끼니조차 챙기지 못할 때가 많다. 남을 먹이는 사람이 자기 끼니를 놓친다니 우스울 따름이다. 여기저기서 밀려드는 온갖 일정, 회의를 소화하다 보면 점심, 저녁 식사 시간은 항상 놓치기 십상이다. 그럴 때면 혼자 주방에 가서 컵라면을 먹곤 한다. 뜨거운 물을 붓고 면이 불을 때까지 기다리다 보면 가끔 스스로 불쌍해질 때가 있다. 그나마 밥을 먹을 여유가 더 생기면 바짝 구운 계란 프라이에 밥과 버터 한 숟갈을 비벼 한 끼를 해결한다. 단출하기는 마찬가지이지만 그저 뭐라도 먹을 수 있다는 게 감사할 뿐이다.

깨끗하고 건강한 음식을 먹어야 함을 알면서도, 스트레스가 쌓이면 달고 짠 음식이 당긴다. 정상적이라면 과일, 고기 같은 천연식품이 당겨야 하는데 혀끝에 맴도는 건 햄버거, 라면, 치킨 같은 가공식품들이다. 이런 가공식품이 몸을 교란시킨다는 것을 알지만 이 자극적인 음식들은 내게는 악마의 유혹이다.

피로는 가라

레스토랑 영업에, 방송에 하루를 넘치게 쓰고 나면 몸이 녹초
가 될 때가 있다. 그럴 땐 목욕탕에 간다. 온탕에 몸을 푹 담그고
오면 잠이 달다. 하지만 장기적인 체력을 기르기 위해서는 운동
이 제일 좋다. 체력과 몸을 함께 관리하다 보면 철저한 식이요법
도 병행해야 하는데 일어나서 우유에 바나나를 갈아 마시고, 출
근해서 아보카도 하나를 먹는 게 하루 식사의 전부일 때도 있다.
평소보다 절반은 줄어든 식사량 때문에 이만저만 힘든 게 아니
지만, 닷새쯤 지속하다 보면 습관처럼 익숙해지기 마련이다. 육체
와 정신 중 하나만 망가져도 모두 무너져 버리기 때문에 정신력
뿐 아니라 체력을 관리하는 데 소홀해서는 안 된다고 생각한다.
때로 의지가 약해질 때면 레스토랑에서 같이 일하는 사람들에
게 며칠간 채소로 끼니를 때울 것이라 호언장담한다. 그러고 나
면 자존심 때문에라도 꼭 식이요법에 성공하는 편이다. 나는 보
기 좋게 날 치장하는 것보다는 스스로 강해지는 것이 좋다. 방송
을 하다 보면 이런저런 일을 많이 겪게 된다. 방송 출연 자체가
목적이 된다면, 요리사인 나를 연예인으로 끼워 맞추려는 시도가
많아질 수 있을 것 같다. 하지만 요리사라는 본업이 늘 나를 강
하게 붙들어 준다. 내가 방송을 하든 요리를 하든 나 스스로 강
하다고 자부할 수 있는 것은 내가 요리사라는 단단한 정체성을

잃지 않기 때문이라고 생각한다.

나만의 스트레스 대처법

나는 요리사이기에 메뉴에 대한 스트레스가 가장 크다. 누구나 그렇겠지만 고민할 때 압박이 더해지면 사소한 것도 증폭되곤 한다. 그런데 아이러니하게도 나는 요리 때문에 스트레스를 받기도 하지만 스트레스를 풀기 위해서도 요리하고 연구한다. 이렇게 나의 고민은 요리로 시작해 요리로 끝나곤 한다. 요리 외에 나만의 스트레스 대처법은 소중한 가족을 떠올리거나 피규어를 장만하는 것 그리고 격렬하게 운동하기 등 세 가지이다.

초합금 로봇은 어렸을 때 부잣집 애들만 갖고 놀았던 귀한 거라는 생각이 박혀서 그때의 보상심리인지 지금도 욕심이 난다. 어려운 형편이었지만 아버지가 금속으로 된 피규어 장난감을 사주신 적이 있었다. 자장면 250원 할 때인데 7000원을 호가했으니 그때 아버지가 정말 크게 무리를 하신 셈이다. 그걸 안고 자고 늘 가지고 놀다가 팔다리가 부러지고 머리까지 없어져도 간직했는데 결국엔 사라져 버렸다. 아버지가 돌아가시고 그 초합금 로봇이 그리워 하나둘 사 모으다 그것이 취미가 되어 버렸다. 운동은 야구, 크로스핏, 헬스 등을 즐기는데 특히 당기는 힘이 좋아 크로스핏 로잉 머신에 특기가 있다. 스트레스에 굉장히 민감하고 많이 쌓이는 편이지만 그 스트레스를 얼마든지 적절한 방법으로 해소할 수 있다는 데에 의미를 두고 싶다.

내 엄니의
잔치국수

시장통에서 자랐다. 시장통은 늘 수많은 사람들로 붐볐고, 사람들은 앉은뱅이 허름한 의자에 쪼그려 앉거나 서서 허기를 속이듯 급하게 먹어 버렸다. 사람들이 음식을 즐기면서, 그 시간을 즐기면서 먹는다는 것을 오랜 시간이 지나 알았다. 엄마는 늘 너무 바빠 장사하며 서서 국수든 뜨거운 국밥이든 후루룩 씹지도 않고 마시듯 목구멍으로 넘겨 버리셨는데 아직도 그 장면이 눈에 선하다. 저 뜨거운 걸 저렇게 마시면 목구멍이 얼마나 따가울까 하고 걱정스럽고 궁금했던 기억이 난다. 엄마는 아직도 가끔 서서 그릇을 들고 드실 때가 있다. 왜 그러냐고 앉아서 드시라고 하면 당신은 그렇게 잡수는 게 더 맛나단다. 어찌 그것이 맛나겠는가? 그러고 보면 음식을 먹는다는 것은 추억이고 그리움인 게 분명하다. 엄마는 당신의 젊은 시절의 그리움을 자시고 계시는 거다. 아버지와 함께했던 시절이었고 젊음이 그들을 꽉 채우고 있었을 때고 돈 벌어 아이 다섯을 잘 키울 수 있다는 희망에 꽉 차 있던 그 시절, 먹는다는 것은 그저 허기를 속이는 것에 불과했던 그 시절의 용맹스러움과 에너지를 자시고 계시는 것이다.

우리 엄마는 음식을 잘하시는 편이 아니다. 당연한 일이다. 오랜 장사 이력으로 집안일을 해 본 적이 거의 없으니 잘하시는 게

더 이상하다. 어깨너머로 보고 배운 것들이 연세 드시며 서당개
가 풍월을 읊듯 하시게 된 게 꽤 자리를 잡아 이제야 엄마 손맛이
난다. 그중에 엄마의 고추장은 정말 예술이다. 달지 않으며 칼칼
하게 매운맛이 제대로다. 언젠가 기회가 되면 엄마의 고추장은 꼭
전수받고 싶다. 또 우리 엄니표 된장찌개와 잔치국수는 기가 막히
다. 맛의 담백함과 개운하기로는 어떤 유명한 것과 겨뤄도 손색없
다. 우리 집에 오랜 도우미 아줌마가 있는데 열 살 난 우리 아들도
아줌마표와 할머니표를 정확히 가려 낼 정도로 맛이 다르다. 같
은 된장에 두부, 파를 총총, 그것이 다인 된장찌개. 끓이는 법을
엄마가 아줌마한테 알려 주었지만 아줌마표와는 완연히 다르다.
잔치국수도 매한가지다. 다시마와 멸치로 국물을 우려내고 소면
을 반지르르하게 삶아 만들어 놓은 장을 넣으면 끝인 엄마표 잔
치국수. 이 초간단 레시피도 엄마가 가르쳐 주셨다.

그런데 다르다. 희한하게도 다르다. 그 개운함이 다르다. 엄마
표 잔치국수의 면발은 윤기가 자르르하다. 소면이 다 소면이지
하겠지만 그 승부는 적절히 삶긴, 더도 덜도 아닌 딱 그 정도 삶
긴 국수 면발이다.

굳어 버린 혀를 돌려놓는 순진무구한 그 맛

딱 다시마와 멸치로만 우려낸, 그 재료의 맛만 녹아 있는, 군
더더기 없이 깔끔한 육수. 사진에 대한 열정만 있을 뿐, 다른 욕
심이나 사심 없던 내 청춘의 순수한 맛 같은 육수를 후루룩 마시

면 속에 꽉 찬 느끼함과 더부룩함을 한 방에 날려 버림과 동시에 내 마음속의 온갖 자잘한 욕심과 걱정, 스트레스를 다 쓸어내리는 듯하다. 엄마의 잔치국수만큼 순진무구한 맛을 느낄 수 있는 곳이 또 한 군데 있다. 내 스님 친구의 절이다. 어떤 날은 끼니가 삼찬만으로 차려질 때도, 어떤 날은 보살님들의 부지런한 솜씨로 잔칫집같이 차려질 때도 있는데, 그 음식들은 하나같이 세속의 맛에 물들여져 굳어 버린 내 혀를 다시 돌려놓는 강력한 힘을 가졌다. 그런 음식은 힐링이다. 친구 스님을 만나 잠시나마 세상의 온갖 오욕을 잠시 내려놓듯 세상의 독한 맛들에 길들여진 내 오감을 살려 낸다.

촬영이 계속되는 시즌에는 힐링 따위는 꿈도 꿀 수 없고, 온갖 스트레스로 내 폐와 간이 굳어 가는 느낌이다. 위는 더부룩할 대로 더부룩하고 정신은 황폐해질 대로 황폐해졌을 때, "엄마, 잔치국수 먹고 싶어." 하면 엄마의 입가에 미소가 번진다. 칠순 넘은 나이에 멸치 국물 내고 어쩌고 귀찮으실 텐데도 엄마의 입가엔 설렘이 있다. 한 그릇 말아 내 앞에 떡하니 놓고는 아직 입을 대지도 않았는데 들뜬 목소리로 연신 물으신다. 맛있나. 아직 안 먹었거든 하고 퉁명스럽게 대꾸하지만 나는 알고 있다. 엄마의 국수와 된장국의 개운함은 당신의 흐뭇한 미소 때문이라는 것을. 나이 마흔이 훌쩍 넘어도 내게 국수 한 그릇 말아 줄 엄마가, 어리광 부릴 엄마가 있기 때문임을. 고맙습니다. 사랑합니다. 그리고 더 살갑지 못해 미안합니다.

카메라와 앞치마의 토크

절제의 음식에 대하여

조 진짜 힘들 때는 자극적인 거 말고 담백한 게 진정이 되는 것 같아요. 좀 지치거나 할 땐 맵고 자극적인 걸 먹긴 하는데 정말 힘들어 쉬려면, 연한 국수 같은 거 먹죠.

최 맞아요. 자극적인 음식 엄두 안 날 만큼 몸이 지칠 땐 편안한 음식을 먹어야 해요. 그런 게 마음을 다독여 주죠. 녹차굴비소면은 여름에 떠올렸어요. 굴비 살만 떠서 숯불에 구워서 녹차에 말아서 같이 먹는 거죠.

조 전 엄마가 만들어 주는 국수의 멸치 국물이 그렇게 개운할 수가 없어요.

최 맑은 국물의 잔치국수는 진리죠. 그런데 라면, 치킨 같은 것은 몸을 교란시키는 음식이긴 한데 언제 먹어도 맛있긴 해요. 저는 사실 MSG 맛도 좋아해요. 하지만 몸을 위해선 천연적인 맛에 익숙해져야죠. 맛을 익혀 가면 입맛도 바뀌어요. 너무 달고 짜다고 느끼게 되지요.

조 저는 일하면서 배달 음식을 자주 시켜 먹으니까 햄버거, 피자, 치킨을 별로 좋아하지 않아요. MSG 들어간 음식을 먹으면 맛을 떠나서 너무 피곤해지더라고요. 전 돼지고기도 그냥 소금에 찍어 먹고, 담백하게 먹는 걸 좋아해요.

녹차굴비소면

1　　녹차는 미지근한 물에 우려 둔다.

　　　뜨거운 물에 우리면 쓴맛이 나므로 미지근하게 우린다.

2　　굴비는 비늘을 제거한 후 살을 발라서 그릴이나 팬에 구워 낸다.

3　　끓는 물에 소면을 삶는다.

　　　이때 찬물을 조금씩 부어 가며 삶는데, 이렇게 하면 면의 식감이 더욱 쫄깃하다.

4　　접시에 삶은 소면을 담고 위에 새싹을 올린 후 굴비를 올린다.

5　　④에 따뜻한 녹차를 붓는다.

재료

굴비 1마리, 소면 100g, 녹차 30g, 새싹채소 약간

내 안의 집착과
후회를 버려라

잠시
멈추고 싶을 때

많은 욕심과 집착으로
발이 많은 문어처럼 여러 가지를 벌이는 나.
잠시 멈추고, 분주함 속에서 놓쳐 온 것들을
돌아보고 싶을 때가 있다.
늘 이 일 저 일 벌이며
완벽하게 해내겠다고 아등바등하며
일에 집착하고 스스로를 괴롭힐 때
갑자기 내가 지금 무얼 하고 있나
문득 두려워진다.

단순해지고
싶어질 때

최 Chef   나는 일을 잘 벌이는 스타일이었다. 예전에는 하루에 미팅을 대여섯 개씩 잡기도 하고 재미있는 일을 무식하리만치 찾아 다녔다. 때로는 새로운 일을 여러 개 시작하는가 하면 관리도 내가 다 책임지고 신경 쓰느라 결과적으로는 곳곳에 균열이 생겨 고생한 경험이 여러 번 있다.

이제는 선뜻 일을 벌이는 것이 겁나면서도, 여전히 새롭게 일을 시작하면 그에 대한 집착이 나를 괴롭힌다. 레스토랑의 커트러리 같은 아주 작은 부분부터 인테리어 같은 큰 문제까지 모두 나 아니면 안 된다고 생각하는 것이다. 내가 할 수 없는 일이 있다는 것을 인정하는 것이 자존심 상하는 나, 규모가 커질수록 리스크가 커지는 법인데 그것을 인정하지 않고 세세한 모든 것까지 완벽하게 하겠다고 아등바등하는 내 모습에 허무해질 때가 많았다.

찰나적 감정이었지만, 최근에는 광고를 촬영하다가 내가 뭘 하고 있는 건가 싶어 잠시 우울해진 적도 있었다. 내 본업에서 점점 멀어지고 있는 탓이라 생각했다. 내가 좋아하는 일, 내가 꼭 해야 할 일을 먼저 해야겠다는 생각이 문득 든다.

사람은 쉬고 놀 때 가장 단순해진다. 나는 시끌벅적하게 노는 것을 즐기지 않는다. 그보다는 혼자 방에 들어가서 기타를 치고 노래를 부르거나 그림을 그리는 게 더 좋다. 또 마음이 허해 단순해지고 싶을 때는 친구들과 야구를 하는 것도 좋아한다. 나는 야구 할 때 멀티 플레이어지만 그중에도 투수가 되어 마운드에 올라가 탈삼진으로 타자를 아웃카운트시킬 때 가장 기분 좋게 단순해지는 느낌을 받는다. 그 순간의 단순함으로 복잡한 마음을 다독이고 싶다.

미술에 대한 집착을 요리로 승화하다

고등학생 시절 친한 친구가 한 명 있었다. 그 친구는 시를 잘 썼다. 그가 시를 쓰면 내가 그림을 그리며 같이 시화를 완성하기도 했다. 그 친구는 내가 요리사가 된다고 했을 때 가장 마음 아파한 사람으로 내가 계속 그림을 그리길 바랐다. 시간이 지나 요리사로 이름을 알리는 기사를 본 그 친구는 "네 미술적 재능이 사장되지 않고 요리에 녹아들어 다행이다."라고 말했다. 어떤 일에든 마음을 다해 즐겁게 임하면 포기하거나 잊혔던 재능들도 자연스럽게 발휘하게 되는 것 같다. 나는 미술에 집착하는 대신 요리에 미술을 입혔다. 그랬더니 자연스럽게 요리가 집착의 대상이 되었다. 내 예술적 재능은 아버지께 물려받았다. 특히 그림 그리는 데 재주가 있었는데 한때 사춘기 시절엔 헤비메탈에 빠져 뿔 달린 악마를 그렸지만 그 후 교회에 다니면서 예수를 상징하는 물고기를 그렸다. 비늘의 디테일을 묘사하는 것이 흥미진진해서 좋았다. 최근에는 SNS에 물고기를 소재로 그림을 그리는 과정을 올린 적이 있는데, 이런 나의 소소한 즐거움을 많은 사람과 나누고 싶다.

나는 재미있는 징크스를 하나 가지고 있다. 뭐든 평소에 잘하다가도 막상 판이 깔리면 바보가 되는……. 투수를 할 때도 연습구는 강속구를 던지다가도 타자가 들어서면 아리랑볼을 던지는가 하면, 잘 치던 기타도 잘하던 노래도 촬영 카메라가 돌면 자꾸 틀리고 음치가 된다. 그러나 요리만큼은 나를 배신하지 않는다. 요리할 때 불쑥 예상치 못한 일로 위기가 생긴다 하더라도 나는 드라마틱하게 극복해 나간다. 내가 요리에 집착하는 이유가 여기에 있다. 이제는 주방 밖에서 즐기는 일들은 내게 단순한 취미이고 주방 안에서 즐기는 일은 소중한 재능이라고 믿으려 한다.

끝없는
집착

내가 좋아하고 집착하는 음식 중 또 하나는 삶은 문어다. 살짝 데쳐 나온 문어숙회가 아니라 두 시간 넘게 푹 삶은 문어다. 문어를 어중간하게 삶지 않고 약한 불에 두어 시간 삶으면 정말 부드러운 문어의 육질을 느낄 수 있다. 내가 좋아하는 문어 레시피는 두 가지가 있는데 하나는 문어와 무를 넣고 삶은 후 어묵을 넣어 먹는 것, 그리고 하나는 올리브유를 넣고 약불로 한 시간 반 이상 삶은 후 앤초비와 함께 먹는 방법이다. 전자는 지금은 없어진 '오뎅바'라는 이름을 가진 십 년 단골집의 것으로, 거기서는 오뎅 국물의 깊은 맛을 내기 위해 문어를 썼다. 하루 종일 어묵 통에서 끓었던 문어만 시켜 먹곤 했다. 물론 그 메뉴 자체가 그 집에 없는 것은 두말할 필요도 없지만, 심지어 임신했을 때 남편과 지인들이 엄청 사다 날랐을 정도다. 아쉽게도 십여 년 단골집이 없어져 버려 이제 그 문어 맛을 볼 수 없음에 아쉬워하고 있던 차에 오랜 지인의 집에 초대를 받았다. 그런데 그날의 요리가 문어 스테이크란다. 문어 스테이크? 이름을 듣기만 해도 생소한 그 요리의 조리법은 한 시간 반 이상 올리브유를 넣고 끓인 문어를 스테이크처럼 적당한 크기로 잘라 앤초비나 이탈리아식 소스를 곁들이는 것이었다. 소스나 먹는 방식이 달랐지만 푹 익은 문어 자

조 Photo

체의 맛은 오뎅바에서 먹던 바로 그 맛과 같았다. 그리하여 나의 문어에 대한 집착은 계속 이어졌다. 이제 레시피까지 하나 더 늘어난 덕에 포항이나 부산에서 택배로 올라온 문어가 우리 집 부엌에서 끓고 있는 일이 비일비재해졌다.

집착과 애정 사이

나는 문어발처럼 몸체는 하나이나 거기서 파생된 여러 가지 일들을 하고 있다. 네 권의 책을 냈고 지금도 이 책을 포함해 세 권의 책을 낼 계획이 있다. 또 대학에서 사진을 가르치고 있으며 가끔 방송 일을 하기도 한다. 게다가 전시도 준비 중이다. 누구는 그 많은 일들을 어찌 동시다발적으로 할 수 있냐고 묻기도 하는데 사실 그것은 그 문어의 몸체가 하나이기에 가능한 일이다. 난 사진가이면서 레스토랑을 운영하거나 하는 두 가지 직업을 동시에 가질 성격이 못 된다. 동시에 두 사람을 사랑할 사람은 못 되는 것이다. 사진 하나에 집착하고 올인하는 것, 그것이 내가 사는 방식이다.

집착과 애정 사이의 간극은 얼마나 될까? 문어 집착? 문어 사랑? 사실 나는 집착에 대해 부정적인 시각을 갖고 있진 않다. 집착이 좀 있으면 어떤가? 어떤 일을 실행할 때도 집착이 어느 정도는 있어야 벽에 부딪혔을 때 쉽게 돌아서지 않는 법이다. 그 벽을 부숴 문을 만들든, 혹은 정호승 시인의 「벽」에 나오는 구절처럼 그 벽을 따스하게 쓰다듬어 빵처럼 부드러워지면 그 벽 속에서 문을 찾아 그 너머의 희망을 볼 수 있지 않겠는가?

또 다른 벽이 가로막을 때

내게도 벽에 부딪힌 절망의 순간이 꽤 있었다. 아이를 낳기 전엔 일이 끊이지 않던 나도 열 달 정도 쉬고 다시 필드로 나왔을 때 참으로 막막했다. 때마침 아날로그 시대가 지나갔는데, 나는 여전히 디지털 입문은커녕 극심한 기계치였다. 나의 적지 않은 클라이언트들도 신진 사진가들에게 열광하고 있던 때였다. 막막하고 두꺼운 벽 하나가 떡하니 내 앞에 세워진 것이다. 만약 그때 사진에 대한 집착, 변화무쌍한 필드에서 일하고 싶다는 집착이 없었더라면 아날로그를 고집한 채 아직 여물지 않은 순수사진을 한답시고 절망하고 있을지도 모를 일이다.

집착은 새로운 변화를 받아들이게도 만든다. 사라져 가는 필름을 부여잡고 아날로그를 찬양하며 디지털을 외면하지 않은 것 또한 집착이 가져다준, 변화를 받아들이고 공부하게 된 에너지였고 동기였다. 더 많이 생각하고 공부했다. 나에게 주어진 촬영을 어느 때보다 더 잘, 더 새로운 비주얼로 만들고 싶었다. 이른 새벽, 생각하고 또 생각했다. 어떻게 콘셉트를 발전시킬 것인지, 트렌드에 뒤쳐지지 않으면서 어떻게 나만의 색깔을 낼 것인지 끈질기게 고민했다. 생각 속에 답이 있는 법이다. 외면하지 않고 답을 찾아가는 과정 속에 실마리가 있다고 생각한다. 사진도 인생도 답이 없다. 답 찾기 식 교육 과정을 거친 우리가 가끔 놓치는 진실, '정답은 없다.'는 것. 답을 찾아가는 과정이 진정 우리의 삶이다. 그 과정 속에서 실패하기도 하고 성공하기도 하면서 더 성장해 나가는 나를 발견하는 것, 그것이다.

그때 그 벽이 내 앞에 우뚝 서 있어 줘서 난 지금도 오만하거나 자만하지 않을 수 있다. 언제든 또 내 앞에 다른 벽이 생길 수 있음을 알기에. 그리고 그때에도 난 집착하고 배우고, 그 배움으로 성장하고 헤쳐 나가고, 또 벽을 만나기를 반복하게 될 것을 알기 때문이다.

문어파스타

1   손질한 문어를 원하는 크기로 썰어 둔다.

2   팬에 올리브유를 두르고 마늘 편을 색깔이 나도록 볶아 준다.

3   뒤이어 문어도 같이 볶아 준 후, 화이트와인을 조금 넣어 잡내를 날린다.

4   토마토소스, 소금, 후추, 화이트와인을 넣고 계속 볶는다.

5   마지막으로 삶은 면과 바질을 팬에 넣고 소스와 함께 볶으며 버무린다.

재료

문어 100g, 마늘 4쪽, 페투치네 면 120g, 토마토소스 8oz,

소금·후추·올리브유·화이트와인·바질 약간

12

나를 보호하기
위하여

단단한 껍데기
만들기

단단한 껍데기를 까면
하얀 속살을 내보이는 갑각류.
일터에서 우리는 스스로
단단한 껍데기로 무장하곤 한다.

큰 고생을 겪고 나서야
진짜 껍데기가 생겨난다.
외부의 공격, 힘든 일들을 단단하게
막아 주는 나의 껍데기는 무엇인가.

껍질을
까먹는 즐거움

최 Chef

일터에서의 내 모습은 방송에서 보여지는 것보다 훨씬 강하다. 내가 주방에 들어서기만 해도 손을 떠는 후배들이 있을 정도니 그만큼 무섭고 엄격하게 일하는 편이다. 주방장이 되고 나서는 더욱 나 자신을 채찍질할 수밖에 없었다. 내 밑에서 일하는 요리사가 오십여 명, 서비스 파트 직원들까지 합하면 백 명이 넘으니 말이다. 주방장이 산처럼 든든하지 않고 작은 일에 일희일비하고 불안해하면 직원들은 불안의 시간을 보내게 된다. 그런 상황을 만들지 않으려 나 자신을 단단한 껍질로 무장하곤 한다. 껍질은 스스로 만들 수가 없다. 누구나 큰 역경을 겪고 나서야 진짜 껍질이 생기기 마련인 듯하다. 한번은 앞에서 얘기한 오너로 인해 소송에 휘말린 적이 있다. 워낙 힘없는 사람들을 소송으로 괴롭히는 것을 즐기기로 악명이 높던 그가 내 집에 가압류를 걸어 둔 것이 이사 당일 발견된 것이다. 그로 인해 이삿짐이 여섯 시간이

나 길에 묶이는 등 곤란한 일을 겪으며 피해자를 피의자로 만들어 버린 그에게 분이 나고 울화통이 터진 적이 있다. 내가 약해서 당하기만 한다고 생각하니 더욱 화가 났다. 그때부터 스스로 강해지기로, 누구도 나와 내 가족을 괴롭히지 못하게 하겠다고 결심했다. 열심히 일하면서 조금씩 이름이 알려졌고, 그와 대적할 소송비도 모았으며 주변에 도와주는 분들도 만나게 되었다. 나의 겉껍질이 두터워지기 시작한 것이다. 소송에 대응할 변호사 선임비가 부담되는 사람들을 골라 괴롭히는 그에게 나는 더 이상 괴롭힘의 대상이 되지 않았고, 그와의 모든 소송에서도 결국 승소했다.

그 사건 이후로 어떤 일이 생겨도 의연하려 노력한다. 예전보다 상황을 객관적으로 볼 수 있게 되었기에 비록 실수가 있다 해도 인정하는 여유가 생겼다. 역경이 닥치면 미처 그에 대한 껍질을 준비하지 못했어도 껍질이 있는 척해야 한다. 그렇게 살아남으면 어느 정도의 어려움은 너끈히 감내할 수 있다.

바닷가재의 등껍데기는 무척 딱딱하다. 마치 중세 시대의 갑옷 같다. 그러나 바닷가재가 제아무리 온몸을 단단한 껍데기로 무장했다 해도 그 사이에 부드러운 살이 존재한다. 그래야만 관절을 움직일 수 있기 때문이다. 나도 마찬가지다. 가시를 드러내는 사람에게는 단단한 껍질로 응수하되 함께 일하는 동료들과 뜻을 같이하는 사람들에게는 내 부드러운 면을 더 많이 보여 주려고 노력한다.

요리사로서의 껍질 까기

요리사로서의 내 겉껍질이 두터워진 계기가 있다. 사실 나는 요리사가 되고 싶지 않았다. 어린 시절엔 체육이나 미술에 더 관심이 있었다. 친구들도 내가 운동선수나 화가가 되리라 믿었다. 하지만 내 생각에는 운동도 미술도 특출나지는 않아서 생계유지에 큰 도움은 되지 않으리라 생각했다. 그래서 시작한 것이 요리다. 요리를 시작할 때는 유명해져야겠다는 생각조차 없었다. 그저 생계를 위해 일하는 직장으로, 하지만 매순간 마음을 다해 일하다 보니 어느덧 주방장이 되어 있었다.

그러다 마음이 통하는 미식가 한 분을 만났다. 마치 대결을 하듯 나는 요리를 만들고, 그는 음식 평론을 썼다. 언젠가 그에게 라비올리 한 접시를 대접했는데, 얼마 후 올라온 그의 글에는 내 심중을 정확히 꿰뚫어 본 듯 나의 라비올리 요리가 분석돼 있었다. 그를 통해 나는 마치 운명처럼 내가 가진 재능들이 요리 속에 고스란히 녹아들어 있다는 것을 깨닫게 됐다. 그날 이후로 나는 '요리사'라는 사실이 어디서든 누구 앞에서든 나를 단단하고 당당하게 세워 주는 강한 껍질이라고 믿게 되었다.

모든 생물에겐 다 껍질이 있다. 과일, 생선, 고기 그중에도 갑각류는 풍부한 맛을 지니고 있다. 특유의 감칠맛, 정확히 말하자면 '공감각적인 맛'이라고 할 수 있을 것이다.

외강내유인
나 라 는 사 람

조 Photo

외유내강이라야 한다는데 난 외강내유인 사람이다. 외형적으로
강해 보이지만 속은 아주 여린 사람이다. 단단한 껍데기를 까면
하얀 속살을 내보이는 갑각류처럼 말이다. 경상도 사투리도 아직
남아 있는 데다 투박하고 세련되지 못한 말투와 행동이 나를 아
주 센 사람으로 보이게 하지만 실은 난 그리 강한 사람이 못 된
다. 정에 흔들리고 측은지심으로 사람의 관계도 잘 끊지 못한다.
뒤끝은 없는 편이지만 감정에 휘둘려 누군가에게 내지른 날카로
운 말들을 가끔 후회하곤 한다. 그 미안함을 전할 수 있으면 좋
으련만 전하지 못한 채 끝나 버리는 경우도 종종 있다. 가끔은 거
울을 보며 웃는 연습을 하거나 혼자 있을 때 입꼬리를 올려 보기
도 한다. 나도 겉으로 드세 보이고 속은 여린 내가 좋기만 하지는
않다. 의도와 상관없이 세련되지 못한 화법과 애티튜드로 누군
가에게 상처를 주기 싫을뿐더러, 외면과 내면이 한결같다면 나도
조금 덜 상처받을 수 있지 않을까?

'세련됨'을 배운 적이 없기에

나는 왜 이렇게 강한 말투와 인상을 가지게 됐을까 생각해 본
적이 있다. 그건 일종의 가족력이다. 경상도 오일장이 서는 시장

에서 이십오 년을 일한 엄마와 나는 아주 닮았다.

큰 목소리로 대장부처럼 오 남매를 키워 온 엄마와 내가 간혹 싸우기라도 하면 둘 다 눈물바다를 만들고서야 상황이 종료되곤 한다. 엄마도 나도 사근사근하게 사람을 대하거나 내 마음을 잘 표현할 수 있는 세련된 화법과 애티튜드를 배우지 못했다. 그저 보이는 대로 느끼는 대로 툭 뱉어 버리고는 서로 상처를 냈다는 것을 알고 마음 아파 눈물을 흘린다. 우리야 엄마와 딸이니 흘린 눈물만큼 더 사랑이 깊어지겠지만 어른이 되어 만난, 나도 모르게 상처 입힌 이들은 어찌하라는 말인가?

카리스마가 너무 느껴져서 무서웠는데, 실제로 일해 보니 그렇지 않다는 말을 요즈음 많이 듣곤 한다. 나이가 들어 배려심이 조금 생겼거나 경주마처럼 한곳만 보고 달리던 내게 주변을 돌아보는 시야가 생겼거나 아니면 사람을 대하는 노련미가 생겼을지도 모를 일이지만 개인적으로는 예전이 더 좋았던 듯싶기도 하다.

나는 십여 년을 넘게 같이 지내 온 친구들이나 지인들이 참 많은 편이다. 사람 사는 게 다 그렇지 싶어 누구의 잘못에 순간적으로 화를 내기는 해도 오래 마음에 담아 두지 않을뿐더러 잔정에 약해서이기도 하겠지만, 껍질을 깔수록 여린 속살을 가진 나에게 그들이 보내 주는 따뜻함이 가장 큰 이유리라. 거의 이십 년 지기인 친한 언니는 처음에 나를 아주 싫어했더랬다. 나의 예의 없고 거친 행동이 아주 오만해 보였단다. 아마 그때 내가 좀 이름 있는 사람이 아니었다면 달랐겠지만 나의 행동이 어린 나이에 성공한 포토그래퍼의 오만으로 보였던 것이다.

그래도 경주마처럼 달리던 그때는, 사진 한 장의 결과물을 위해 달리던 그때는, 남부럽지 않은 결단력이 있어 작업하는 것이 심적으로 그리 고달프지 않았다. 그에 비해 지금은 모두의 입장을 이해하고 배려하느라 가끔 좋은 결과를 위한 방법을 버려야 할 때가 있다. 사진쟁이라면 그러지 말아야 하는데 말이다.

단단한 껍질을 가진다는 것

외유내강, 겉으로 부드럽고 속으로 강한 사람이 되어야 한다지만 단단한 껍질은 가지는 것도 그것만의 매력이 있다. 단단한 껍질을 가졌다는 것은 고생 후 굳은살이 박히는 것과 같다. 어려운 일들을 극복하면서 더 단단해지는 이치다. 내 앞의 고난을 피하지 않고 부딪히다 보면 모든 문제를 좋은 결과에 이르도록 다 해결해 내지는 못하더라도 나이테처럼 껍질이 하나 더 생기게 되는 법이다. 난 물러서지 않는 편이다. 아무리 노력해도 바꿀 수 없는 일이 아니라면 후회 없이, 나 자신에게 부끄럽지 않을 정도로 최선을 다한다. 같이 촬영하던 누군가는 그런 나를 보며 꼭 그렇게 해야 하느냐며, 이제 나이도 들었으니 대충 넘어가라 조언하기도 하지만 글쎄. 난 나이가 들어도 단단한 청년으로 살고 싶다. 단단해서 아파할 것 같지 않아 보이는. 혼자 속으로 뜨거운 눈물을 흘릴지언정.

나의 껍질에 대하여

최   저는 일할 때 절대 부드럽지 않아요. 같이 일하는 사람들이 스트레스를 받을 때도 있죠. 아무튼 무서운 편이에요. 다른 데서는 그렇지 않지만요.

조   저는 스스로 세다고 생각하지 않는데 서울에 와서 목소리 크고 사투리 세니까, 모두 그렇게 생각하는 거예요. 저는 자라면서 부드럽게 말하는 걸 배울 사람이 주변에 없었어요. 엄마는 장사를 했고, 할머니랑 살았거든요. 그러다 한참 지나서 내가 말로 사람들에게 상처를 주는구나 깨달았어요. 친한 언니가 말해줘서 알았죠. 왜 조선희 주변은 싫어하는 사람과 좋아하는 사람 두 부류로 나뉘냐고. 충격을 받았죠.

최   제 경우는 주방장이잖아요. 주방장이면 오너가 주는 스트레스라든지 자신의 스트레스를 조절하지 못하면 아랫사람들이 불안해해요. 주방장이 일희일비하면 다들 고생인 거죠. 홀 직원들도 제 컨디션에 민감해요. 진짜 힘들었을 때가 우울증 걸린 그때였는데, 아무리 힘들어도 힘든 티를 내면 안 되니 그게 참 힘들었어요. 제 기분이 흔들리면 다들 영향을 받으니까요.

대파채튀김을 올린 바닷가재살구이

1   송로오일, 꿀, 레몬즙, 올리브유를 섞어 소스를 만든다.
        이때 올리브유를 조금씩 부어 주면서 만든다. 한 번에 넣으면 소스가 분리된다.
2   바닷가재 꼬리살을 꼬치에 끼워 팬이나 그릴 위에서 구워 낸다.
3   구운 바닷가재살 사이사이 칼집을 내고 그 틈으로 신맛이 나는 사랑초를
        끼워 장식한다.
4   그 위로 ①의 소스를 뿌린다.
5   대파채를 튀겨서 바닷가재 위에 올려 마무리한다.
        대파는 흰 부분만 얇게 채 썰어서 찬물에 담가 매운맛을 없애고 물기를 제거한
        후 튀긴다.

재료

바닷가재 꼬리살 1개, 송로오일 2TS, 꿀 1ts, 레몬즙 1TS,

올리브유 2TS, 사랑초, 대파

13

입보다
눈이 즐거운,

눈으로 먹는
요리

꽃의 아름다움을 사진에, 또 접시에,
그리고 맛에 어떻게 담아낼까.

성실과 노력도 중요하지만
유머와 창의성은 색다른 즐거움을 준다.
꽃 요리는 즐기는 데서 나오는 것 같다.
오늘의 나를 즐겁게 하는 것,
나를 꽃처럼 피어나게 하는 것은 무엇일까.

아름다운 요리,
감성을 어루만지는 요리

최Chef 어릴 때부터 전교에서 그림을 잘 그리는 아이를 꼽으라면 언제나
그 안에 내가 들어 있었다. 한때는 잠시 미대에 가고 싶은 마음도
있었지만 입시를 준비하는 모든 아이들이 석고만 그리는 것을
보고 재미없게 느껴져 업으로 삼고 싶지는 않다고 생각했다. 하
지만 요리사가 되고 난 후 전문적인 미술 교육을 받지는 않았어
도 미적 감각을 어느 정도 가지고 있다는 것이 요리에 많은 도움
이 된다는 것을 깨닫곤 한다. 나는 다른 요리사보다 완성도에 더
집중한다. 요소가 많아서 화려한 것보다는 미니멀한 컬러와 형
태만으로 요리를 그린다. 그저 아름답기 위해 치장하는 것은 아
니다. 요리는 보이는 아름다움과 보이지 않는 맛의 밸런스가 조
화로울 때 가치를 인정받는다. 물론 보기에 좋은 떡이 먹기도 좋
은 건 기본이다. 핸드백 디자이너를 감동시키기 위해 식용 금으
로 라비올리의 디테일을 살리고 질감까지 표현한 경험은 의도한

형태는 다 만들어 낼 수 있다는 자신감에 음식을 대접받는 손님의 감동을 위해 정성을 더한 것이었다.

오랜 기간 최고의 스승님에게 배운 것을 토대로 경험한 재료만 해도 수백 가지인데, 그 각각의 맛과 컬러까지 포함하면 내 머릿속은 언제나 만화영화 「인사이드 아웃」의 한 장면처럼 복잡하고 아름답게 그려져 있다. 요리는 미각, 후각, 시각이 모두 중요하지만 나는 셋 중 어느 하나가 아니라 감각이 펼치는 감성적인 부분이 중요하다고 생각한다. 즉 요리를 먹는다는 행위는 먼저 음식을 바라보고 질감을 터치하고 씹고 삼키고 뇌로 맛을 음미하는 복합적인 절차를 거치는 것과 같다. 그렇기에 좋은 요리사라면 테크닉 면에서는 언제나 정답을 만들 수 있겠지만, 그보다 음식을 먹는 상대의 감정과 취향을 살피는 소통이 중요하다고 생각한다. 아무리 훌륭한 요리인들 우울하거나 슬플 때 먹으면 맛이 없을 확률이 높지 않겠는가.

꽃으로 마음 달래는 요리

재벌이나 대통령도 하루 세 끼를 먹는다. 매끼 금을 바르거나 수억을 호가하는 식재료를 사용하지 않는다. 먹는 음식만큼은 모두가 평등하다는 게 내 생각이고, 이왕이면 더 맛있고 예쁘고 따뜻한 음식을 내놓고 싶다. 나는 분자요리를 통해 수많은 컬러와 형태를 만들어 보았지만 단지 예쁜 것에만 목적을 둔다면 실패작이라고 생각한다. 먹는 사람의 마음을 들여다보고 그 사람

이 가장 행복해하는 요리는 어떤 것일까 고민하는 것이 우선이
다. 그 후에 치장을 하는 것이 맞다. 때때로 나는 꽃으로 요리를
하며 스스로의 우울과 손님의 고독을 동시에 다독이고 싶어지곤
한다.

　내가 만든 음식이 먹는 사람의 감성을 건드리는 것을 확인하
는 것만큼 나를 꽃처럼 피어나게 하는 일은 없다. '꽃'이라는 식
재료는 치장을 많이 하지 않아도 시각과 후각을 저절로 살아 움
직이게 하니 얼마나 고마운가. 이럴 때 나는 어깨에 힘을 빼고 그
저 꽃을 바라보고 향을 즐기기만 한다.

꽃을 올린 유자드레싱의 브라타치즈 샐러드

1   브라타치즈 속을 방울토마토를 다져 채워 준다. 설탕을 약간 넣는다.
        건조토마토를 사용하면 좋다.

2   믹싱볼에 유자즙, 꿀, 올리브유, 약간의 소금을 넣고 휘핑하여 새콤달콤한
        드레싱을 만든 후 ①의 치즈 위에 얹는다.

3   식용 팬지 꽃과 바질로 장식한다.
        식용 꽃은 특별한 맛이 나지 않지만 드레싱과 함께 먹으면 꽃향기가 나는 듯한
        느낌을 받게 된다.

재료

브라타치즈 100g, 방울토마토 5개, 유자즙 2TS, 꿀 1TS, 올리브유 3TS,
소금 약간, 식용 꽃과 바질 약간

언제부턴가
꽃을 지나칠 수 없었다

크리스찬 디올은 어린 시절 어머니와 함께 가꾼 정원에서 온갖
장미들로부터 영감을 받아 여성의 드레스를 꽃으로 형상화해 왔
고 그 미적 영감은 뒤를 이은 라프 시몬스에게도 큰 영향을 미쳤
다. 조지아 오키프는 꽃의 형상에서 여성성을 보아 근접할 수 없
이 아름다운 성을 표현했다. 그와 반대로 사진가 로버트 메이플
도프는 꽃의 형상을 통해 아름다우나 도발적인 남성성를 표현
했다. 요즈음 나도 꽃을 들여다보고 있다. 어떤 의지 때문은 아
니다. 언젠가부터 꽃들이 보이기 시작했고 지나칠 수 없었고 결
국 찍기 시작했다. 세계적인 사진가들을 비롯해 나의 사수 김중
만 선생뿐 아니라 사진을 한다고 명함 내밀 수 있는 무수한 선배
들이 꽃 사진을 찍는 것을 봐 왔기에 굳이 나까지 꽃을 찍고 싶
지는 않았다. 많은 사진가와 아티스트가 봐 왔던, 해 왔던 것을
되풀이하고 싶지 않은 일종의 치기랄까. 그러나 영락없이 내게도
'꽃'이 왔다. 그래, 꽃이 왔다는 표현이 정확하다. 처음 내게 꽃
을 인식하게 한 것은 로버트 메이플도프였지만 카메라로 꽃을 들
여다보는 실재를 보여 준 이는 내 스승 김중만이다. 이십 년 전
쯤 꽈었는데 모 브랜드의 의류 광고를 찍고 있던 그가 난데없
이 촬영을 멈추고는 꽃 속으로 빨려 들어갈 양으로 꽃을 향해 미

친 듯이 셔터를 눌러 댄 것이다. '아, 예술가의 영혼이란 그런 것이구나.' 생각하며 다음 날 그 꽃을 나도 몇 장 찍어 본 기억이 있다. 그러고 나서 이십 년 가까이 지난 지금, 꽃에 몰입한 나를 보게 되었다.

꽃의 질감에 대하여

최현석 셰프가 만들어 준 꽃을 얹은 유자드레싱 샐러드를 보고 먹으며 새삼 '꽃'이 주는 비주얼적인 미감을 다시 생각해 보게 되었다. 물론 우리나라 전통음식에도 '화전'이 있지만 선명한 꽃 자체를 먹으며 맛을 느낀다는 것은 내게 아주 생소한 일로 느껴졌다. 재밌는 것은 꽃 자체는 아무런 향도 맛도 없는 것인데 유자의 향과 맛이 꽃의 향과 맛으로 느껴져 색다르게 인식된다는 것이다. 그러고는 어릴 적 따 먹던 사루비아꽃이 떠올랐다. 꽃을 처음 먹어 본 것이 아니었다. 어릴 적 학교 화단에서 자라던 사루비아를 참 많이도 따 먹었더랬다. 정확히는 사루비아 꽃술에 모인 꿀들을 쪽 빨아 먹은 것이었다. 그때 느껴지던 혀끝 꽃잎의 질감이 생각난다. 꽃의 질감은 그 어떤 음식 재료에서도 느껴 볼 수 없는 '사뿐거리는' 느낌이다.

질감. 누군가 나에게 꽃의 무엇을 보고 있냐고 굳이 묻는다면 난 질감을 보고 있다고 말하련다. 어릴 적 혀끝에 느껴지던 사루비아 꽃잎의 질감을 찍고 있는 중이라고 말하련다. 꽃마다 색깔도 형태도 다 다르지만 그 질감이랑 두께가 주는 느낌 또한 다

다르다. 이삼 년 전 어느 여름, 엄마와 오 남매 그리고 그 아이들까지 열댓 명이 동남아 어느 섬으로 여행을 떠났다. 이른 아침, 나의 똑딱이 디지털카메라를 가지고 혼자 산책을 나서는 것은 참 당연한 일정이었다. 단지 휴양지에 불과한 호텔 곳곳에 본 적 없는 색과 형태를 가진 꽃들이 즐비했다. 꽃 속으로 묻혀 들어갈 듯 꽃 가까이 카메라를 들이대는 것도 당연했다. 그중 한 송이 꽃을 들여다보던 중 '질감'이라는 단어가 툭 튀어 올라왔다. 그리고 '두께가 참 두껍다.'는 생각. 꽃에서 두께를 보리라곤 상상도 못 했다. 두께에서 오는 질감을 깨닫는 순간이었다. 그래, 사람도 살아온 것에 따라 두께도 다르고 질감도 질량도 다른데, 같은 생명을 가진 꽃들도 그러할 것이 분명하다. 이렇게 꽃에 대해 생각해 본 적이 없는 단어가 번개 맞은 것처럼 머릿속에 각인되었다. 번개도 구름 속의 음이온과 양이온이 부딪혀 치듯이 당연히 존재하는 무엇을 보고 느끼는 데에도 노력과 시간의 투자가 필요한 법이다. 꽃들이 내게 왔지만 그 꽃들을 무심코 지나쳐 버렸다면 내가 어찌 그들의 질감을 느낄 수 있었겠는가?

여행과 휴식

내가 꿈꾸는
여행에 대하여

여행의 추억

그 중요한 일부는 맛이다.

내 혀가 기억하는 그곳.

낯선 곳에서 맛보는 새로운 음식은

여행의 또 다른 재미이고 소중한 기억이다.

여행이 주는 특별한 의미,

그리고 여행을 떠올리게 하는 음식

내가 꿈꾸는 여행,

그리고 휴식에 대하여……

여행에서
꿈꾸는 맛

어느 길로 가야 할지 더 이상 알 수 없을 때, 그때가 비로소 여행
의 시작이라고 나짐 히크멧트라는 터키의 시인이 말했다. 난 내
삶에서 어느 길로 가야 할지 막막해질 때 여행을 꿈꾼다. 나의
모든 것이 소진되어 이렇게 사는 것이 과연 맞는가라는 질문이
내 안에서 몽글몽글 피어오르고, 가족도 사진도 내게 그저 짐이
되어 버리는 것이 무서워질 때면 짐을 꾸린다.

   그러니까 난, 여행을 떠났다 돌아와야지만 현실에서 또 살아
갈 수 있는 그런 종류의 사람이다. 아비를 잃은 날 아침, 누군가
내게 뱉듯이 말한 '역마살' 끼인 년치고는 일상을 그럭저럭 잘
살아가고 있는 편이지만 그놈의 역마살은 일 년에 꼭 한 번은 도
진다. 어쩌면 그 역마살 때문에 요즈음 시대에선 난 제법 멋진
인생을 살고 있는지도 모른다.(할머니 시대에는 팔자 사나운 년으로 여겼
겠지만……)

나의 여행은 어떤 목적지에 다다라 역사가 담긴 유적지를 방
문하거나 가우디 같은 건축물을 보거나 이국적인 아름다움을
보고자 함이 아니다. 목적지는 있으나 목적지에 도달하지 못한
다 해도 괜찮다. 바로 그 '길'이 내 여행의 이유이기 때문이다. 그
길 위에서 나와 끊임없이 대화하고 음탕한 욕망으로 가득 찬 내
안의 것들을 그 길 위에다가 버리고 또 버린다. 그리고 그 길 위
에서 만난 온갖 순수한 에너지와 아름다운 것들로 나를 채우고
또 채운다. 설혹 채우지 못해도 괜찮다. 채우려고 하는 게 더 나
를 소진시키는 일일 수 있다. 비워 내야 채울 수 있는 법! 어디 먼
곳으로 여행 갈 수 없는 일상에서는 난 아침마다 여행을 하듯 걸
으며 조금이라도 비워 내려고 노력한다. 버릴 수 있으므로 괜찮
고 그 길에서 만난 인연들과 작고 소박한 아름다운 기억들이 내
게 다시 살아갈 힘을 부여하기 때문이다.

사막에서의 추억, 정체불명 환상의 바비큐

물론 그 작고 소박한(?) 기억의 일부는 음식이다. 여행에서 '먹
는 행위'에 집착하거나 까탈스럽게 구는 스타일은 아니지만 작고
소박한 현지인들의 선술집에 들러 그들만의 요리와 그들만의 술
을 한잔 곁들이는 것이 나만의 여행 습관이다. 그들의 삶을 슬쩍
흉내 내 본다고나 할까? 그도 아니면 그들 삶의 일부를 혀로라도
느껴 보고 싶어서일까? 어쨌든 내 기억의 창고에 몇 가지 요리들
이 있는데 그중 제일은 바로셀로나의 달팽이 요리다. 후안이라는

현지의 한국인 친구에게 정말 현지인들이 가는 선술집에 가 보고 싶다고 청했더니 그가 데려간 곳이 테이블 대여섯 개 있는, 직접 담근 와인이 매력적인 집이었다. 여러 가지 스페인식 요리들이 테이블을 가득 채웠지만 아직도 내 뇌와 미각의 기억을 사로잡고 있는 것은 '달팽이 요리'다.

　사실 달팽이 요리라 할 것도 없이 철판에 달팽이를 껍질째 올려 마늘과 올리브유, 소금 등으로 살짝 간을 한 것이다. 열 마리 통째로 올려서 주방장이 지글지글거리는 채로 가지고 나와서는 마치 소라를 까먹듯이 알맹이를 쏙 빼서 입안에 툭 넣어 주는데 순간, 윽 저걸 어떻게 먹지 생각했던 알 수 없는 거부감을 한 방에 날려 버렸다. 게다가 말이다. 어디 가서 말하기도 부끄럽지만, 그 수십 년 된 식당에서도 있어 본 일이 없는 일을 나와 나의 오랜 친구이자 후배와 저질렀다. 그 달팽이 요리 열 접시를 해치운 것이다. 달팽이 열 마리가 올려져 있는, 열 접시! 먹어 보지 않고 상상만 하면 느끼하고 징그럽고 이상한 비주얼이 떠오르겠지만 그것과는 전혀 다른 맛과 기억을 안겨 준, 내가 여행에서 꿈꾸어 온 요리다. 사실 현지 요리라는 게 조금 생소한 비주얼을 선사하기 마련이다. 내가 익숙했던 것과는 다른 문화에서 탄생한 것이니 말이다. 에티오피아 아디스아바바에서 먹었던 이름도 기억나지 않는, 한번 시도해 봤다가 현지 가이드가 먹는 걸 구경만 했던 '그것'이 그랬고. 페트라 사막에서 모닥불 불씨 안에다가 (우리가 고구마를 은박지에 싸서 굽듯이) 마늘과 가지, 야채 그리고 정체불명의

미트볼을 은박지에 싸서 오십 분 동안 익힌, 어디에서 들어 본 적
도 먹어 본 적도 없는 맛의 '그것'도 그랬다. 페트라의 '그것'은 정
체불명의 맛이기는 했으나 정말 맛나기로는 둘째가라면 서러운
데, 어떤 음식과 비슷하다고 말하기도 어렵다. 입안에 군침이 돌
며 그 페트라 사막의 달빛과 동키 몰이꾼이었던 조니 뎁을 닮은
스물한 살짜리 청년이 떠오른다. 언제 다시 그 청년을 만나 그들
의 '바비큐'를 맛볼 수 있을까?

여행의
고문

최 Chef

나는 좀처럼 여행을 하면서 쉬지 못한다. 스케줄이 꽉 짜인 여행을 좋아하기 때문이다. 아니, 좋아한다기보다는 미리 일정을 짜 놓지 않은 여행은 당최 용납이 되지 않는다. 멍하니 시간을 허비하는 것은 내게는 죄를 짓는 것과 같은 행위다. 이미 눈치챘겠지만, 내 여행의 유일한 목적은 그 나라의 음식을 최대한 많이 먹는 것이다. 음식을 통해 그 나라의 색깔과 그 나라의 맛을 접하다 보면 자연스레 새로운 요리 아이디어가 떠오르곤 한다. 국내에서 외국 음식을 먹을 때와는 사뭇 다른 결과가 나오는 것을 보니 음식은 그 무엇보다 그 나라의 문화와 역사를 잘 대변하는 것 같다. 몇 년 전 제주도로 가족 여행을 떠났다. 토속 음식을 먹으면서 하나씩 촬영하고 연구하다 보니 그곳의 문화가 읽혔다. 그 지역의 사람들이 왜 이런 음식을 먹게 되었는지, 제주의 특이한 기후와 어떻게 연결되었는지 등 정보가 쏙쏙 들어왔다.

영감 가득한 여정을 위해, 나는 국내 여행을 하든 유럽 여행을 하든 괜찮다는 레스토랑 리스트를 쭉 정리해 악착같이 찾아다닌다. 로컬 푸드는 내게 숨겨진 보물창고인 셈이다.

여행의 맛

몇 년 전에 내 요리를 좋아해 주시는 일본 고객이 나를 일본으로 초대했다. 그분이 소개해 준 맛집을 들른 후 따로 준비한 식당 목록을 따라 여행했다. 길을 가다가도 맛있을 것 같으면 무작정 들어갔다. 그렇게 돌아다니다 보면 생각지도 못했던 곳에서 정말 멋진 요리들을 만나곤 한다. 여행과 요리는 내게 기적을 일으키기도 한다. 평소 영어를 잘하지 못해도 외국의 요리사들을 만나면 기적이 일어난다. 얼마 전 상하이에서도 요식업 관계자와 만난 자리에서 한 시간이나 대화했다. 요리 얘기만큼은 영어로도 이상하게 소통이 잘 되는 듯하다. 또 여행은 편견을 깨뜨리는 소중한 기회를 제공하기도 한다. 얼마 전에는 방송 촬영차 이탈리아에 다녀왔다. 말고기 버거를 파는 푸드트럭이 있다고 하기에 찾아갔다. 말고기는 냄새가 많고 질겨서 패티로 만들기엔 무리라고 보통 생각하는데, 이는 편견이다. 정말 맛있어서, 예상치 못한 맛의 즐거움을 수확했던 순간이었다. (실제로 말고기는 질기지 않으며 누린내 또한 없다.) 이번 여행으로 많은 영감을 얻은 것은 확실했으나 또 일로 연결시키기만 하고 제대로 즐기지 못한 것 같아 아쉬움이 계속 남는다. 이 장에서는 그때의 말고기 버거를 추억하며 간편하면서도 맛은 보장하는 버거를 소개한다.

비우는 여행에 대한 도전

그런데 야속하게도 여행이 주는 영감이 조금씩 줄고 있다. 옛

날 같으면 외국 식당 몇 곳만 돌아다녀도 백 개의 영감이 떠올랐을 텐데, 지금은 아무리 좋은 걸 보고 먹어도 영감으로 잘 연결되지 않는다. 아마도 내 그릇이 이미 다양한 것들로 가득 차 있기 때문이 아닐까 싶다. 이젠 보고 배우고 쓸어 담기만 하지 말고 이미 채워져 있는 것들을 버리는 작업이 필요한 시점이 아닐까. 여행에도 적용해 본다. 이제는 채우는 여행보다는 비워 내는 여행이 필요하다는 것을 알아 가고 있다. 그러나 아직 무계획 여행에는 흥미가 돋지 않으니 아직 갈 길이 먼 듯하다.

아주 특별한 햄버거

1   체다치즈를 얇게 썬다.

       폰티나치즈를 사용하면 더 좋다.

2   햄버거 빵을 반으로 자른다.

       자른 빵은 팬이나 그릴에 살짝 구워 낸다.

3   팬에 올리브유를 두르고 쇠고기를 올려 꾹꾹 누르듯 굽는다.

       중간중간 소금과 후추를 뿌려 준다.

4   표고버섯 기둥을 떼고 가로 세로 5밀리미터로 썰어 팬에 넣는다.

       양파를 다져서 볶아 넣어도 좋다.

5   고기와 버섯이 다 익으면 체다치즈를 넣어 섞는다.

6   잘 버무린 쇠고기, 버섯, 치즈를 햄버거 빵 속에 넣는다.

재료

햄버거 빵 1개, 체다치즈 1장, 표고버섯 1~2개, 저민 쇠고기(등심) 200g,
올리브유·소금·후추 약간

선입견에 대하여

첫인상에
속지 말 것

생김새와는 달리

전혀 예상치 못한 맛이 나는 음식이 있다.

우리가 사람 혹은 사물에 대해 가지는 선입견,

그리고 그것이 깨질 때의 당혹스러움과 유쾌함이란!

선입견의
발견

최 Chef

처음 선입견이라는 걸 느낀 것은 초등학생 시절이었다. 늘 면바지나 멜빵바지만 입던 나에게 하루는 어머니께서 청바지를 사 주셨다. 내게는 첫 청바지였다. 파랗고 **뻣뻣해** 보인 탓인지, 나는 청바지를 입으면 무릎도 못 구부릴 줄 알았다. 그런데 막상 입어 보니 그렇게 편할 수가 없었다.

요리를 시작하고 나서도 선입견과 계속 싸워야 했다. 사실 요리는 보는 것만이 아니라 입에 넣고 맛을 느끼는 것까지 다 포함된다. 그래서 별로 좋아 보이지 않는데 알고 나면, 먹고 나면 좋은 경우가 꽤 있다. 처음에 주방에 들어갔을 때 올리브오일에 레몬즙을 더한 것을 보았다. 보석 같은 빛깔로 은은하게 반짝거리면서 영롱했다. 얼른 한 숟가락 떠먹어 보았더니 너무 시고 맛은 하나도 없었다. 그런 경험들을 통해 보는 것과 맛은 다르다는 것을 알았고 그것을 종합, 분석하게 되었다.

페이크 요리

페이크 요리라는 것이 있다. 비주얼과는 전혀 다른 맛과 질감을 주는 요리를 말한다. 첫눈에 보기엔 영락없는 한식인데 먹어 보니 이탈리안 요리라든가 하는 식이다. 선입견이 깨질 때의 충격과 즐거움을 요리에 접목한 것이다. 나 역시 페이크 요리를 많이 활용한다. 이런 시도들 덕분에 크레이지 셰프라는 별명도 얻을 수 있었다. 팔 년 전 개발한 토마토카프레제 샐러드는 토마토 모짜렐라 샐러드의 일종인데 모양이 두부김치처럼 생긴 탓에 김치통에 담아 두고 주방 식구들끼리 박장대소한 적도 있다. 이 요리는 내 시그니처 중 하나다.

모짜렐라치즈를 계란 틀에 넣고 노른자 부분을 파서 샤프론 크림을 부어서 굳히면 삶은 계란과 똑같은 모양이 된다. 거기에 고추장을 토마토페이스트로 대체하고 파스타를 잘라서 밥처럼 보이게 하고 바질을 좀 썰어 넣으면 예상하겠지만 바로 비빔밥 페이크 요리가 된다. 때때로 나는 요리를 비틀어 보기도 하고 유머와 위트를 가미하기도 한다. 그래서 내 요리가 언제나 재기 발랄하고 엉뚱하게 표현되는 것을 원한다. 맛? 맛은 기본이다.

페이크 관계는 싫다

나는 낯을 가리는 데다 사람을 보는 눈도 없다. 만나서 시간을 보내다 보면 누구든 좋은 사람으로 보인다. 그만큼 사람에 대한 선입견에도 무딘 편이다. 하지만 일할 때만은 다르다. 주방에서는

직관적으로 일을 잘하는지 못하는지 금세 분별할 수 있기 때문
이다. 주방에서 직업 정신이 없는 사람을 보면 평소에 보이지 않
는 단호함이 나오고 다시는 마주치지 않기로 작정한다. 주방 안
에서만큼은 무능이 악이라고 생각한다. 사람들은 매체에 비친
모습만으로 선입견을 갖고 나를 대할 수 있다. 그러나 나는 나의
언어로 그들에게 대답하고자 한다. 일에 있어서만큼은 불같이
단호하지만 잔머리 쓰지 않고 열심히 노력하는 사람에게는 더없
이 순한 양이라는 것을.

두부김치를 가장한 토마토카프레제 샐러드

1   엔다이브를 소금물에 30분간 절인다.

     너무 오래 담그면 쓴맛이 나므로 주의한다.

2   말린 토마토를 잘게 다진다.

3   배를 채 썬다.

     채 썬 배는 설탕물에 담가 두면 변색이 방지되고 단맛이 올라간다.

4   바질을 5밀리미터 간격으로 썬다.

5   토마토와 배, 바질을 섞어 소스를 만든다.

6   절인 엔다이브에 소스를 넣어 배추김치 모양으로 플레이팅한다.

7   모짜렐라 덩어리를 두부처럼 잘라 곁들인다.

재료

말린 토마토 30g, 배 30g, 바질잎 5장, 엔다이브 1개, 모짜렐라치즈 100g

선입견의
두려움

선입견처럼 불필요한데도 언제 어디에나 있는 것도 없을 거다. 사   조 Photo
람에 대한 선입견은 두말할 나위도 없다. 선입견이라는 것 때문
에 특이한 맛을 경험하게 된 대상은 고래고기였다. 꼭 한 번은 가
고 싶었던 아이슬란드에 가니 고래고기가 참 흔했다. 내가 알기
로는 우리나라에서나 다른 여러 나라에서는 고래를 포획하는 게
불법인데 그 나라는 참 흔했다. 새로운 음식에 두려움이 없는 나
는 당연하게 혀에 고래고기 한 점을 쑥 얹었는데 그 비린내에 화
들짝 놀랐다. 선입견 때문이다. 고래고기의 모양이나 육질, 느낌
이 쇠고기와 비슷해서 나도 모르게 그런 종류의 맛을 상상했기
때문이다. 물고기 모양을 한 생선을 먹을 때는 당연히 비린내를
예상하고 있기에 가끔은 그 비린내조차 신선한 바다 내음으로
향긋하게 여기기도 한다. 고래는 포유동물인데 바다에 산다. 그
래서 비주얼은 육고기랑 비슷하고 맛은 물고기의 그것을 갖고 있
는 것이 당연함에도 그 특유의 비린내에 깜짝 놀랐다. 선입견 때
문에 그 고유의 맛을 느껴 보는 것을 포기할 수는 없어 그곳에
있는 동안 세 번이나 시도했다. 그래도 역시 난 그 맛을 이해하지
못한 채로 돌아왔다. 그 선입견을 없애기에는 내가 살아온 시간
에 비해 세 번 먹어 보는 정도로는 역부족이었던 거다.

나 그런 사람 아니야!

사람들이 내게 가진 선입견 중 대부분이 '무섭다.' '무서울 것 같다.'는 거다. 특히 신인 배우나 처음 일하게 된 클라이언트에게 많이 듣는데, 난 단연코 선입견이라고 말할 수 있다. 사진가인 내가 나에게 사진 찍히러 온 피사체인 그들이나 사진을 의뢰한 이들에게 무섭게 할 이유가 도대체 뭐란 말인가? 그들의 마음을 편하게 해 줘도 모자랄 판에!

"소문과 다르게 전혀 무섭지 않으시네요." 하며 돌아가는 이들을 보며 안도하지만 나에 대한 소문이 무척 궁금해지기도 한다. 아마도 모델 서바이벌 프로그램에서 비춰진 모습의 영향이 클 테다. 목소리도 크고 느끼는 감정을 세련되지 못한 방법으로 표현하는 나. 게다가 방송용으로 편집된 모습만 보면 당연히 그렇게 생각할 만도 하다. 인터넷에 '조선희 너무 싫다.'라는 글도 종종 본다. 일일이 찾아다니며 나 그런 사람 아니라고 설명할 수도 없는 노릇이니, 어쩌면 같이 일하게 된 기회에 "무서운 분인 줄 알았어요. 바짝 긴장해서 왔어요."라고 말하는 이들과 만나는 것은 행운이다. 나에 대한 오해를 풀어 줄 기회라도 있으니 말이다.

처음 일을 시작하던 때, 난 경상도 사투리를 쓰는 투박한 시골 아가씨였다. 말이 짧은 것이 습관이었고, 그러다 보니 나보다 연배가 높은 스태프분들에게도 반말하기 일쑤였다. 그래서 난 누군가에겐 안하무인인 잘나가는 어린 사진가로 비춰지기도 했다. 지금은 나의 오랜 친구인 어느 헤어 아티스트와의 일화다. 당시 그녀는 내가 사진가로 지목된 촬영이라면 의뢰를 받지 않았다. 그녀와 한두 번 일한 후 나는 성격도 잘 맞고 헤어 스타일링이 너무 마음에 들어 종종 그녀를 추천했는데 늘 스케줄이 안 맞는다는 답이 돌아왔다. 그러고는 이삼 년이 훌쩍 지나고 우연히 체코로 촬영 여행을 같이 가게 되었는데 그제야 늘 촬영 스케줄이 잘 맞지 않았던 이유를 알게 되었다. 나보다 훨씬 나이 많은 메이크업 아티스트에게 반말을 하거나 존칭 없이 이름을 큰소리로 부르는 나의 애교 어린 행동이 오만하기 그지없고 재수 없었단다. 그러다가 (일 년도 안 돼 없애 버린) 내 홈피에 있던 다이어리의 글을 보고 그 모습이 다가 아닐지도 모른다는 생각이 들었고, 해외 촬영을 통해 나에 대한 선입견이 맞는지 확인할 작정이었단다. 그때 내가 받은 충격은 실로 어마어마했다. 난 그런 나의 행동을 정감의 표현이나 애교쯤으로 생각하고 있었기 때문이다. 그 후로 난 사람에 대한 선입견이나 첫인상으로는 평가를 잘 내리지 않으려고 노력한다. 선입견이란 참 무서운 거라는 걸 그때 배웠다. 하마터면 정신적인 교감을 나누는 이 오랜 친구를 얻지 못했을 것이 아닌가?

사람들이 묻는다. 인물 사진을 그렇게 많이 찍고 사람을 많이 만나면 딱 봐도 그 사람이 어떤 사람이겠구나 하는 감이 오지 않느냐고. 첫인상이 거의 맞지 않느냐는 것이다. 난 이렇게 대답한다. 난 사람을 평가하거나 구분 짓지 않아요. 사람을 처음 보고 어떻게 알겠어요? 나도 나 자신을 평생 알아 가는 중인걸요!

내 안의
불안 바라보기

나를
돌아보는 시간

불안의 근원을 찾으며
나의 연약함을 정면으로 맞닥뜨리는 시간,
스스로를 돌아보는 시간은
또 다른 성장을 예고한다.

내 안의 불안을
살피며

갑자기 몸이 더워지며 정신이 맑아져 눈을 떴다. 새벽 2시 29분,   조Photo
오늘은 대구 경산까지 강의하러 가야 하는 월요일. 더 자야 한다.
내가 가진 강박은 두 가지가 있는데 하나는 들어온 일을 거절하
지 못하는 것, 또 하나는 자다가 중간에 깨면 자야 한다는 생각
때문에 더 자지 못한다는 것이다. 거절 강박은 짧게 말하면 인연
을 소중히 여기는 데서 비롯된 것이고 수면 강박은 오랜 촬영 습
관에서 비롯된 것인데, 중요한 촬영이 있거나 생각이 많은 날은
심장이 너무 뛰어 다시 잠들기가 어렵다. 처음 카메라를 들고 필
드에 나갈 때 심장 뛰어 잠 못 잔 이십 대 중반의 그날처럼 요즈
음도 그렇다. 몸은 이미 청년의 나이에 대한 미련을 버리라는 듯
노안이 오기 시작했고 열 시간 넘는 중노동의 촬영은 영락없이
몸에 신호를 보내는데 말이다.

내 열정은 청년이고자 하나
내 몸은 이제 청년 행세를 그만둬야 할 때라고 신호를 보내고
나의 강박과 불안은 멈출 줄 모르네.

갑자기 떠오른 이 세 구절을 쓰는 시간은 행복한 강박이다. 이

행복한 강박의 시간은 사실 불안이 만들어 낸 나의 아름다운 성
장의 시간이다. 알랭 드 보통은 『불안』에서 불안에 대해 "우리는
날 때부터 자신의 가치에 확신을 갖지 못하고 괴로워할 운명을
타고났기 때문인지 모른다."라고 썼다.

　사회적 지위를 이름 있는 사람과 이름 없는 사람으로 구분한
다면 나는 이름 있는 사람 쪽에 속함이 분명한데도 난 여전히 불
안을 떨쳐 버리지 못한다. 그 이유를 보통의 말을 빌려 다시 써
보면 "나는 이 직업을 선택하면서부터 나 자신의 가치에 확신을
갖지 못하고 괴로워할 운명에 놓였다." 커머셜 사진가가 지닌 운
명의 불확실성은 클라이언트의 오더에서 일이 시작되기 때문이
다. 여기서 클라이언트는 잡지 에디터를 포함하여 대행사나 패션
부티크의 아트디렉터, 영화 포스터 작업할 때 함께 일하게 되는
아트디렉터나 홍보사나 영화사, 심지어 요즈음은 스타 배우를 포
함하여 함께 일할 '사진가'를 지목하거나 고를 수 있는 모두를 의
미한다. 어느 날 갑자기 아무도 나를 찾아 주지 않을지도 모른다
는 불안. 아이를 낳으며 비운 열 달이면 나 따위는 어느새 잊혀
버린다는 진실을 확인시켜 준 공백기. 이름 있는 자로 살다가 이
름 없는 자로 산다는 것이 무엇을 의미하는지 여실히 깨달은 십
년 전이 오늘의 강박을 낳았다. 하지만 이 또한 괜찮다. 아무것도
모르고 열심히만 살아온 십 년. 더 오래 이름 가진 자로 살기 위
해 버둥댄 십 년. 그 이십 년이 지금의 나를 만들었고 그 불안이
오늘 새벽, 나를 불러내 이 글을 쓰게 하고 있으니 말이다. 이 얼

마나 소중한 시간인가? 내 속을 완전히 들여다보며 나를 이해하는 시간, 나의 연약함과 강함을 정면으로 맞닥뜨릴 수 있는 시간을 가질 수 있는 나는 얼마나 행복한 사람인가. 이 새벽 내 안에 서성대는 생각들을 몇 마디 끄적인다.

'아름답지만 오래가지 못하는 사진이 아닌, 들여다보게 만들고 들여다볼수록 깊은 맛이 나는 사진을 찍어야지.'

'내게 필요한 건 작업 시간이다. 시인이 시를 쓰고, 작곡가가 작곡을 하듯, 아티스트가 자기만의 것을 토해 내고 정리하는 작업 시간처럼. 사진은 셔터만 누르는 것이 아니다. 글을 쓰기 전, 그림을 그리기 전처럼 나를 토해 내고, 나를 작업할 시간이 있어야 한다. 그것이 내게 진정 필요한 것이다.'

몇 해 전 터키에 다녀온 동생이 장미 오일을 사다 준 적이 있다. 불안과 신경질을 가라앉히는 데 장미향이 도움이 된다고 하는데, 화려한 자태를 띤 장미의 비주얼과는 상반된 느낌이었다. 아로마 테라피로 쓰이는 장미로, 최현석 셰프가 요리를 한다고 하니 어떤 음식이 탄생할지 기대가 된다.

불안을
떨쳐 버리는 방법

최 Chef

영화 「이보다 더 좋을 순 없다」에서 잭 니콜슨이 보도블록의 금을 밟지 않으려고, 인도와 차도 사이 라인에서 기우뚱거리며 걷는 모습이 참 친숙하게 다가온다. 나는 어렸을 때부터 시답잖은 강박이 많았다. 언젠가 보도블록 사이의 금을 밟으면 그 밟은 자리에서 지렁이가 기어 올라온다는 소리를 듣고부터 어른이 된 지금까지 그 말이 장난인 것을 알고 있음에도 습관처럼 금을 피해 걷는다. 버스가 내 앞을 지나가기 전까지 숨을 참는다든가, 딸들에게 뽀뽀해 줄 때는 꼭 일곱 번 한다든가 하는 것들이다. 좀 쩨쩨하게 보일 수 있겠으나 어떤 신발을 신고 기분 나쁜 일이 생기면 그 신발은 당분간 신지 않다가 다시 기분 나쁜 일이 생기면 또 다시 그 신발로 바꿔 신는가 하면, 야구에서 마운드에 설 때면 프로 선수들처럼 목걸이며 반지며 언더셔츠며 별의별 징크스를 다 따진다. 나만큼 강박증이 많은 사람이 있을까? 물론 현대인이라면 누구나 한두 가지쯤은 갖고 있겠지만 많은 직원을 이끌고 매일매일 낯선 손님들과 마주해야 하는 나로서는 강박증이 참 어렵기만 하다.

책임감에 묻어온 불안

내게 강박증의 근원은 '불안'이었다. 불안 장애로 우울증과 불면증으로 힘들었던 때가 있었다. 특별히 뇌파에는 이상이 없는데도 불안이 너무 커서 우울증을 불러일으킨 것이었다. 요리사로 이십 년을 넘게 일했는데, 그중 백수로 지낸 시간은 사나흘이 채 안 된다. 그 며칠을 나는 맘 편히 쉬지도 않고 전전긍긍하며 보냈다. 그때 가족과 갈비집에 가서 외식을 했는데 갈비를 구워 먹어도 돌을 씹는 기분이었다. 아내는 "실력도 있고 재능도 있으니까 금방 일을 구할 수 있을 거야."라며 다독였지만, 나는 혹여 일을 더 이상 할 수 없을까 불안하기만 했다. 요즘처럼 눈코 뜰 새 없이 바쁘게 일할 때면, 그때 왜 맘 편히 제대로 쉬지 못했을까 싶어 후회가 된다. 지금 내게 한 달의 휴가가 생긴다면 정말 꿈을 꾸듯이 지낼 텐데 말이다.

내게 불안의 요소는 감기처럼 언제나 다시 재발할 수 있는 바이러스로 잠복해 있는 건 아닐지 조금 걱정이 된다. 하지만 내일 일은 내일 생각하고 오늘에 최선을 다하는 삶으로써, 그렇게 하루하루 살아가는 것으로 불안을 극복해 보고자 한다.

로봇 수집가와 치킨

어릴 때부터 지금까지, 불안하지 않을 때나 불안할 때나 나는 한 가지 취미를 가지고 있었다. 앞으로 십 년이 지나도 나는 이 취미에서 벗어나지 못할 것이다. 내 취미는 오래된 로봇 수집이다. 십 년 후 나는 뜯지도 않고 쌓아 놓은 프라모델 로봇들을 하나하나 조립하고 있을 것이다. 그로부터 더 세월이 흐르면, 한적한 시골에 펜션을 짓고 투숙객들에게 특별한 디너 코스를 선보이며 내가 조립한 프라모델, 진귀한 로봇 인형을 보여 주고, 자랑하며 살고 싶다.

　하지만 당장 현실의 불안이 가장 큰 문제이니 스트레스를 잠재울 힐링 푸드부터 찾아야 할 것이다. 널리 알려진 상식으로는 마음속 불안을 다독이는 데 장미만큼 좋은 재료도 없다고 한다. 식용 장미를 따로 구할 수 없다면 장미차를 한잔 해 보는 것도 좋은 방법일 것이다. 그리고 빠져서는 안 될 나의 치킨!

장미젤리를 입힌 굴 요리

1   굴껍질을 까서 영하 196도의 액화질소에 얼린다.

     화상을 입을 수 있으므로 피부에 닿지 않게 주의한다.

2   요거트와 질소가스를 섞어서 접시에 담는다.

3   장미와 사과 주스를 섞은 뒤, 젤라틴을 넣는다.

     젤라틴은 얼음물에 불려서 사용한다.

4   장미젤리를 얼린 굴에 끼얹는다.

5   약 3밀리미터 굵기로 깍둑썰기 한 스몰다이스 오이와 키위를 뿌려 준다.

6   레몬 껍질을 아주 가늘게 채 썰어 곁들인다. 길이는 2센티미터 정도로 한다.

재료

석화 1개, 청오이 10g, 장미원액 10g, 키위 10g, 사과 주스 35g, 젤라틴 1/2장,

요거트 크림(플레인 요거트 1개, 젤라틴 1장, 레몬 껍질 약간, 질소가스)

고마운 사람들과
파티를 한다면

쉽고 즐거운
파티 음식

아무리 번잡하고 삶이 피곤해도

소중하고 고마운 사람들로 인해 삶이 지탱된다.

그들과 한자리 만들어 흥겹게 음식을 나누고 싶다.

좋은 사람들과 함께 음식을 나누는 것,
그것만으로도 삶은 보다 풍성하고 행복해진다.

삶의
고마운 동반자

최 Chef

아무리 힘겹고 삶이 피곤해도 내가 사랑하는, 나를 사랑해 주는
사람들 덕분에 지금까지 잘 살고 있다는 생각이 든다. 때로는 그
들에게 푸짐한 고기요리를 대접하고 싶은 때가 있다. 특히 나의
아버지. 아버지를 닮았다는 소리가 싫어서 늘 아버지처럼 살지 말
아야지 생각했지만 지금은 철이 들었는지 내 인생에 가장 고마운
사람은 아버지다. 표현은 서투르셨지만 사랑이 많았던 아버지는,
내게 요리사로서 필요한 수많은 재능을 물려주셨다. 그 외에 고마
운 사람들이 너무 많아 손에 꼽기 어렵다. 그래도 굳이 써 보자면,
먼저 우리 아내. 늘 내 편인 아내에게 나는 모든 감사를 바치고 싶
다. 또 내가 아직 성공하지 않았을 때에 미리 내 요리를 알아봐 주
신 미식가분, 내 꿈을 지지해 준 지혜로운 경영자, 그리고 언제나
내 편이 되어 주시는 팬들……. 이 모든 분들을 모시고 흥겹게 한
자리를 만들고 싶다.

팬심이 힘이다

내 팬들은 모두 덕후들이다. 다방면에 걸친 마니아분과 갖은 재능을 지닌 분들이 많다. 내가 그림 그리는 것을 좋아하는 것을 알고 그림을 선물하시는 분들도 꽤 있다. 엄청난 내공을 가진 분들인데 가장 기가 막힌 대목은 그림의 주인공이 다 '나, 최현석'이라는 것이다. 마치 순정만화 주인공처럼 멋지게 그려 주신다. 그분들에게 내가 이렇게 보인다니 참 감사하면서도 민망하다. 비록 팬카페 가입은 하지 않았지만 카페지기에게 감사의 인사를 잊지 않으려 노력한다. 내 팬들은 에너지의 공급원 중 하나다. 뭐니 뭐니 해도 나의 가장 강력한 팬은 가족이다. 나이가 더 들기 전에 내 가족에게 내가 가진 최상의 재료가 든 냉장고를 열어서 요리를 해 주고 싶다. 가장 멋진 요리복을 입고 가장 매력적인 모습으로.

고마운 사람들과 파티를 한다면

지금의 나를 만들어 준 많은 고마운 사람들에게 음식을 대접한다면, 바비큐 요리만큼 안성맞춤인 것도 없을 것 같다. 지역적으로 미국에서 많이 발달한 바비큐는 단순한 요리라기보다는 가족이 모이는 자리나 파티 등 사람들이 어울리는 자리에서 행사를 포함한 행위가 깃든 음식으로 여겨진다. 재료가 무엇이든 푸짐하고 풍성하게 준비해 한꺼번에 많은 양을 조리해 나눠 먹을 수 있으므로, 여러 요리 중에서도 매우 실속 있다고 할 수 있다. 주로 야외에서 조리하고, 불을 피우고, 덩어리진 고기를 취급하는 등의 이유로 바비큐는 남성적인 요리로 인식된다. 갖은 구울 재료와 바비큐 그릴 하나를 준비해 고마운 사람들, 아끼는 사람들에게 푸짐하고 다채로운 요리를 대접하고 싶다.

바비큐 그릴로는 고기만 구울 수 있다고 생각하기 쉽지만, 샐러드부터 디저트까지 풀코스 요리가 가능하다. 스모키한 향과 불맛이 더해지면 요리에 풍미가 살아나는 것은 물론이고, 굽는 광경을 구경하는 재미와 함께 만드는 재미도 있으니 색다른 즐거움이다. 나는 그릴을 쓸 때 재료의 순서에 신경을 쓴다. 가장 먼저 해산물을 굽고, 그다음 육류를 올린다. 돼지고기, 쇠고기, 양념된 갈비 순으로 구우면 좋다. 마지막에 고구마를 구워 먹으면 화룡점정이다. 그릴에 살짝 익힌 채소로 샐러드를 만들어도 별미다. 이렇게 음식을 만들어 좋은 사람들과 함께 나눈다는 생각만 해도 잠시 즐거워지니, 삶은 음식을 통해 분명 보다 풍성하고 행복해질 수 있는 것 같다.

해산물 샐러드

1   물에 양파 껍질, 셀러리잎, 레몬, 월계수잎, 마늘 편 등을 넣어 끓이다가
     원하는 해산물을 삶아 낸다. 가리비, 새우, 낙지, 문어 등을 써도 좋다.
     양파 껍질, 셀러리잎 등을 넣어 삶으면 해산물의 잡내와 비린내가 제거되어
     좋다.

2   해산물을 건져서 식힌 후에 소금, 후추, 올리브오일, 얇게 썬 마늘을 넣고
     버무려 준다.

3   접시에 담고 바질, 자몽 등을 곁들인다.

재료

가리비 5개, 새우 10마리, 갑오징어 1/2마리, 올리브오일 70ml,

마늘 4쪽, 소금·후추 약간

느끼고 찍고
배우며

혈혈단신. 그때는 정말 혈혈단신이었다. 학연, 지연, 어떤 인연도 없이 사진을 찍으며 살고 싶다는 단 한 가지 소망으로 압구정 한복판 패션 바닥에 발을 내디뎠다. 세상에 대한 두려움, 혼자라는 것의 어려움을 몰랐기에 가능했던 일이다. 모두들 생경한 눈빛으로 나를 바라봤다. 나와 동갑내기로, 이미 패션 피플이던 한 친구는 내가 스승을 '중만 오빠'가 아니라 '선생님'이라 부르는 게 촌스럽다며 놀리듯 웃었다. 덥수룩한 나의 단발은 내 의사와 상관없이 유명한 헤어 아티스트 앞에 앉혀져 잘려 나갔다. 그렇게 이상한 말투와 촌스러운 외모, 투박하고 거친 몸짓을 가진 촌 아이는 사진을 시작하고 처음 몇 년간 이방인이라는 느낌을 떨칠 수 없었다. 물론 지금도 여전히 그 느낌을 조금은 안고 산다. 그즈음 케냐 마사이마라 초원에서 엄청 큰 나무에 이삼백 마리나 되는 원숭이 떼가 새까맣게 앉아 있는 광경을 본 적이 있는데, 그 서늘한 두려움을 그에 비유한다면 과장일까? 무리에 대한 엄청난 두려움과 아름다움을 동시에 느낀 바로 그 장면이 떠오른다.

혼자 꽃을 피울 수 없듯이, 세상 그 어느 누구도 혼자 살아갈 수도, 혼자만의 힘으로 어떤 분야에 일가를 이룰 수도 없다. 특

조 Photo

히 우리 일은 더욱 그러함을 아주 오랜 시간이 지난 뒤 깨닫게 되었다. 꽃씨가 날아들듯, 누군가 나를 찾아 줘야 일이 시작되었고 내가 찍고자 하는, 아니 그 당시에는 내가 찍어야 하는 것을 헤어 메이크업, 스타일리스트와 에디터, 아트디렉터, 그리고 그들의 어시스턴트 스태프들까지 함께 힘껏 노를 저어야 원하는 비주얼에 도달할 수 있음을 몰랐다. 그 또한 오랜 시간 뒤에 뼛속 깊이 느낄 수 있었지만 말이다.

함께 걸어가는 고마운 이들에게

이십 년이 지났다. 많은 이들을 만났고, 많은 이들이 떠나갔다. 또 많은 이들이 내 옆에 남아 주었다. 그러고 보니 그들, 내게 너무나 고마운 사람들에게 한 번도 감사의 인사를 전하지 못했던 것 같다. 번듯하게는커녕 집에 초대해 내 손길이 닿은, 내 마음이 담긴 음식을 대접한 사람이 몇 안 된다. 대학 졸업한 지 이십 년이니 내가 친구라고 부르거나 이십 년 지기라고 부르는 많은 이들은 이 낯선 바닥에서 만난 사람들이다.

내 주문이라면 지는 척 다 들어 주는 나의 오랜 배우 친구들, 내가 나아갈 길에 서슴없는 조언과 질타를 아끼지 않는 에디터 선배들, 촬영 때마다 나와 지지고 볶지만 이유를 불문하고 백 퍼센트 내 편이 되어 주는 든든한 나의 동생이자 친구들, 지금은 이런저런 이유로 조금 냉각기를 가지고 있으나 곧 다시 만나 같이 촬영하고 웃고 떠들 수 있을 거라 믿어 의심치 않는 나의 사

랑하는 배우 동생도, 아무 이유 없이 만나 쿨하게 와인 한잔 마
시며 속내를 다 털어놓아도 뒷골 당기지 않는, 생색 한 번 안 내
며 알게 모르게 나를 이끌어 준 이십 년 지기 클라이언트이자 선
배이기도 동생이기도 한 그들도, 사진 한 장 찍어 준 이유로 내
헤어 비용을 십칠 년째 안 받고 있는 의리파 미용실 원장 동생,
그 원숭이 떼를 만난 케냐 비행기 값을 마련해 주느라 한복을 이
고 지고 같이 마사이마라 초원에 가 준, 크고 작은 일에 화분이
라도 보내 응원해 주는 모 잡지 편집장 언니도……. 그러고 보니
그 이방인이던 시절에 만나 지금까지 많든 적든 함께하고 있다.
그래도 이십 년 지기들은 괜찮다. 이십 년 동안 나의 생짜 그대로
를 지켜봤고 서로 돌직구를 날리기도 받기도 하며 상처를 주고
또 다독거리다 채찍질하기도 하고 기다려 주기도 하며 함께 굳은
살 박인 시간이 있으니 굳이 감사 인사를 전하는 것이 더 낯설지
도 모르겠다.

　그러나 그 이방인 시절을 지나 함께 인생의 길을 걸어가고 있
는 이들에게는 무엇으로 감사의 인사를 전한다 말인가? 누군가
내게 부럽다고 했다. 주변에 많은 사람들이 있는 데다 모두 자존
감이 강한 사람들이어서란다. 내 투박하고 솔직한 말들이나 농
담을 있는 그대로 받아들이고 그 말들이 생채기 내고자 한 말이
아님을 아는 자존감 높은 사람들로 주변이 걸러졌단다. 그 말을
해 준 이에게 고개 숙여 감사한다. 내가 깨닫지 못한 설득력 있
는 진실이었고 위로가 되는 말이었다. 나의 돌직구들이 꼭 나쁜

결과를 낳지만은 않았구나. 그녀의 말처럼 내 지기들은 내 말 따
위에는 흔들리지 않는 진정한 동료이자 친구인 거였다. 내가 쓰
는 단어나 말투에 상처를 입을까 애써 에둘러 말하지 않아도 되
는 편안한 친구들인 것이다. 그 모두에게 나의 투박한 감사 인사
대신 어쭙잖은 음식이라도 직접 만들어 대접하고 싶은 마음이
가득하다.

　서로의 아이들과 함께 여행도 가고 수다를 떨 수 있는 클라이
언트이자 동생들이 있고 촬영이 끝나면 굳이 클라이언트 대접
을 하지 않고 동료처럼 함께 일하고 욕지거리해 가며 술을 마셔
도 웃으며 떠들 수 있는, 십 년 넘도록 광고주들에게 내 포트폴리
오를 디밀어 주는 동생과 친구도 있는 나는 참 행복한 사람이다.
깐깐하기 그지없지만 결정적인 순간에 만나서 함께 일하면 대학
동창을 만난 듯한 그가 있고, 나를 진짜 누나라 여기며 어려운
자리에도 마다하지 않고 와서 얼굴만 내밀고 가는 것이 아닌 진
심으로 축하해 주는 근석이라는 동생도, 촬영 전 자신이 찍히고
싶은 사진이 진정 어떤 것이지 먼저 스케줄을 쪼개서 술 한잔 마
시자며 와서는 촬영뿐 아니라 자신의 생각과 고민을 내보이는 배
울 게 많은 아인이라는 동생도, 늘 누나라고 나뿐 아니라 나의
어시스턴트까지 챙겨 일거리를 만들어 주는 동생도, 볼 것 안 볼
것 다 보며 십 년이 훌쩍 넘게 나를 서포트해 주는 우리 경화도,
오 년 넘게 나의 어시스턴트 생활을 견뎌 내고 사진가의 길을 꿋
꿋이 걸어가고 있는 형준이와 영진이, 덕화, 지은이, 진엽 그리고

내 동생 세용이도, 이십오 년 만에 다시 만나 내 정신적 멘토가
된 내 친구 효원 스님과 청계 스님도, 다 같이 모여 웃고 떠들 수
있는 파티를 한번 열어 볼까?

이렇게 고마운 이들을 열거하다 보니 난 참 행복한 사람이라
는 생각이 든다. 쓰지 못한 이들도 너무 많다. 누군가는 거론되지
않아 서운하기도 하겠지만 그들조차 내게는 너무 고맙고 사랑스
러운 이들이다.

사람으로 인생의 집을 짓는다면 난 작아도 따뜻하고 견고한
집을 지을 수 있을 테다. 처음부터 서로 솔직히 마음을 탈탈 털어
보여 줬으니 숨길 것도 없다. 그런 꾸밈없는 마음을 보고 좋아 인
생 친구가 되었고 쿨한 현대인처럼 각자의 감정을 살피고 존중하
는 게 아니라 촌스럽게 서로의 마음에 관여하는 친구가 많으니
바람 잘 날은 없어도 그 바람에 휘둘리지는 않을 테니 말이다.

최 현 석

요즘 나는 최 셰프가 아니라 '허 셰프'로 많이 불린다. 방송 콘셉트로 인해 허세 있고 웃기는 별난 셰프로 많은 이들에게 각인되어 생겨난 별명이다. 그러나 나는 요리하는 게 너무 즐겁고 새로운 메뉴를 만들어 내는 일이 행복하기만 한 천생 요리사일 뿐이다. 유명인사나 대가가 되겠다는 욕심보다는, 내 음식을 맛볼 고객에게 기대감과 함께 맛을 본 후 그보다 더 큰 만족을 주고 싶었고, 이왕이면 더 맛있고 새로우면서 또 아름다운 플레이팅으로 기쁨을 더하고 싶었다.

처음에는 정말 간단한 요리로 시작했었다. 아주 단순하게 나의 모토는 속된 말로 쪽팔리는 요리는 안 하겠다는 것이었다. 내 스승님은 내가 만든 파스타 접시에 소스가 묻어 나갈 때 "여자 친구 만나러 나가는데 얼굴에 뭐 묻히고 나갈 거냐?"라고 하시며 "셰프는 접시에 얼굴을 담는다."라는 메시지를 주셨다. 내가 들고 나가는 요리를 곧 내 얼굴인 것처럼 여기겠단 맘만 갖고 시작했는데, 언젠가부터 거기에 남들이 하지 않는 시도를 담는 창의성을 끝없이 더해 갔다. 그렇게 일하다 보니 '크레이지 셰프'로 불리게 되면서 나 스스로도 고객도 기대하는 바가 커진 듯하다.

계속 새로워야 한다는 생각에는 지금도 변함이 없지만 기본과
초심을 잃지 않는 것이 우선이다.

책을 만들면서 함께 삶을 이야기하고 추억 속의 음식을 더듬
으며 요리사로 일해 온 이십 년과 내 주변에 있는 소중한 사람들
이 주마등처럼 스쳐 지나갔다. 내가 기억하는 특별한 음식, 때로
는 한없이 작아지는 나를 위로하거나 기운을 북돋워 주었던 정
성스러운 음식들, 내가 소중한 사람에게 대접하고 싶은 음식, 그
리고 요리사로서 살아오면서 겪었던 삶의 여러 순간들을 기억 속
에서 꺼내 볼 수 있었다. 수많은 고마운 사람들 중에서도 힘들어
하던 나에게 다시 용기를 주고 성장할 기회를 준 kosmose7님에게
마음을 다해 감사를 전하고 싶다. 그리고 자신보다도 나를 더 사
랑해 주는 아내와 소중한 두 딸들, 가족은 내 인생의 가장 큰 지
지대이다. 마지막으로, 크레이지키친 회원들의 'keep덕'에 감사드
린다.

정서적 허기를 채우는 만남의 기록, 이 책을 만드는 과정은 내
게 그런 의미였다. 책을 만들며 옛 추억을 돌아보았고 지난 시간
들을 이야기하고 좋은 재료로 몸에 좋고 보기에도 좋은 음식을
만들어 먹고 나누었다. 나의 소박한, 때로는 누군가를 특별히 대
접하기 위한 음식들이 타인의 주방에서 만들어지고, 또 그 음식
들이 초상 찍히듯 사진으로 담기는 과정은 흥미롭고 경이로웠다.
음식으로 인해 전혀 모르던 우리는 함께 풍요롭고 즐거워졌다.

내가 먹는 것이 나를 만든다는 말이 있다. 모든 것이 귀찮고 힘들 때는 인스턴트로 대충 끼니를 때우고 싶어지고 나 역시 실제로 그러는 적이 많다. 하지만 이 책을 통해 많은 사람들이 음식을 통해 자신을 더 소중히 여길 수 있는 한 끼를 만들어 나눌 기회가 있었으면 한다. 하루 세 번, 혹은 그 이상 매일 만나는 음식을 통해 우리의 삶은 분명 더 풍성해질 수 있다. 우리가 가장 소중하게 생각하는 '식구(食口)' 또한 '한집에 함께 살며 끼니를 같이하는 사람'이라는 의미일 만큼, 음식을 함께 나누는 것은 의미 있는 행위다. 꼭 이 책에 나온 음식을 따라 만들 필요는 없다. 각자 팍팍하게 돌아가는 일상 속에서 나를 기쁘게 하고 위로하고 치유했던 음식을 되돌아보면 된다. 나에게 힘을 주고 영양을 공급하고, 맛의 기쁨을 느끼게 해 주는 매일의 음식들. 반드시 진수성찬일 필요도 없다. 나만의 소울푸드, 누군가와 나누어 더욱 값지고 행복했던 음식, 힘들 때 기운을 솟게 한 음식을 떠올려 보고 그 맛을 더듬어 보면 된다. 정성과 추억이 있다면 평범한 재료로 입안에 기적을 불러일으킬 수 있고, 소박한 음식도 얼마든지 행복의 맛을 선사할 수 있다. 독자들이 음식을 매개로 자신을 대접하는, 또 소중한 사람들과 함께 나누는 하루를 보내기를 기원한다.

카메라와 앞치마

타인과 친구가 되는 삶의 레시피 17

1판 1쇄 찍음 2015년 11월 19일
1판 1쇄 펴냄 2015년 11월 26일

지은이 조선희 · 최현석
발행인 박근섭, 박상준
펴낸곳 (주)민음사
출판 등록 1966. 5. 19. 제16-490호

서울특별시 강남구 도산대로1길 62(신사동)
강남출판문화센터 5층 (우편번호 06027)
대표전화 515-2000 팩시밀리 515-2007
www.minumsa.com

ISBN 978-89-374-3232-3 03810